アイランド・ホッパー

2泊3日旅ごはん島じかん

中澤日菜子

集英社文庫

目次

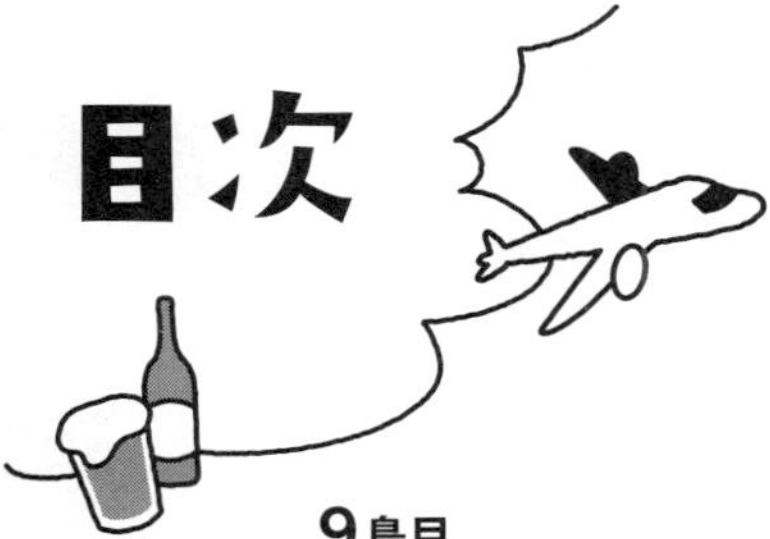

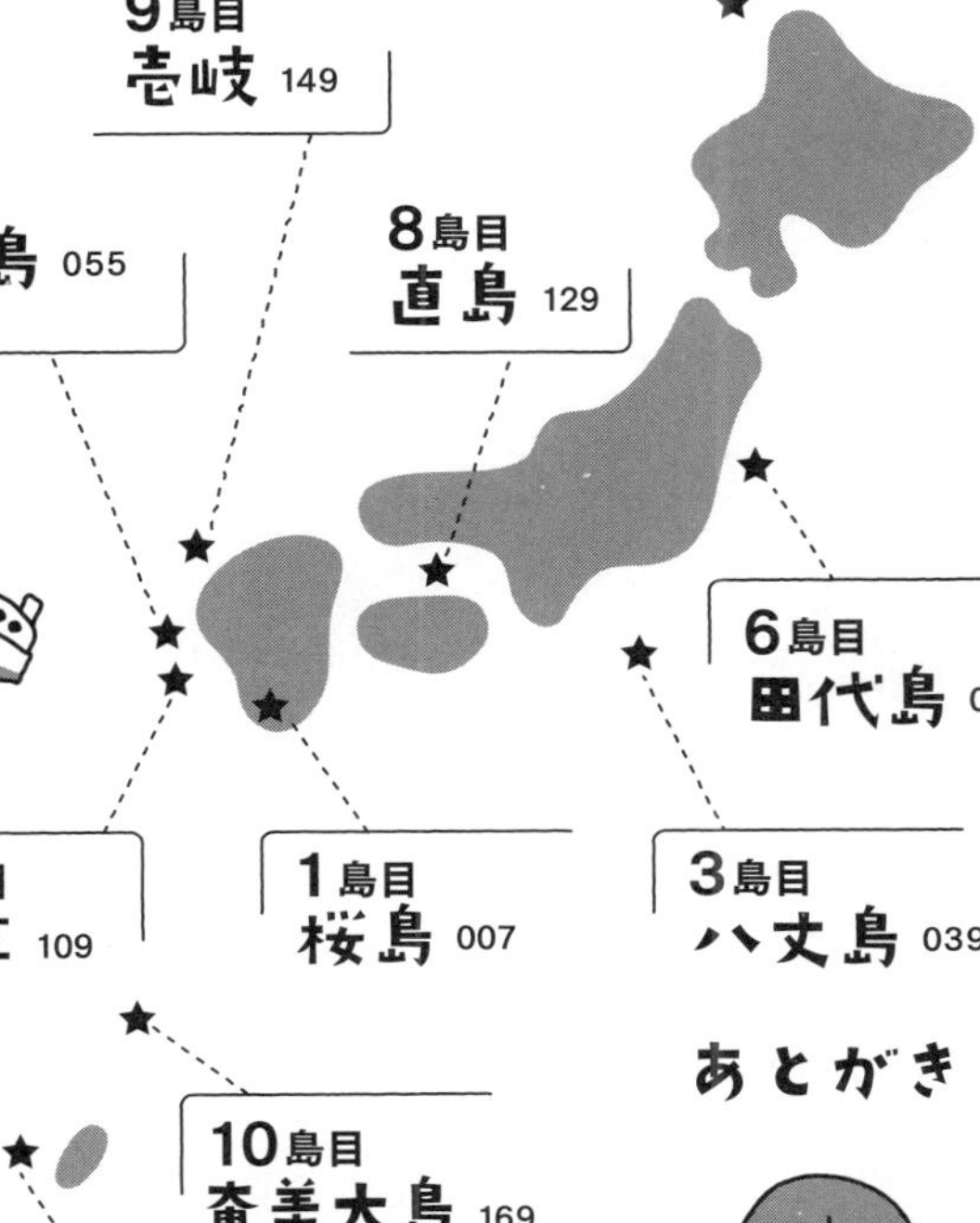

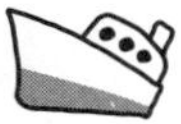

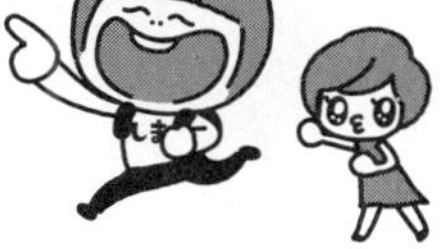

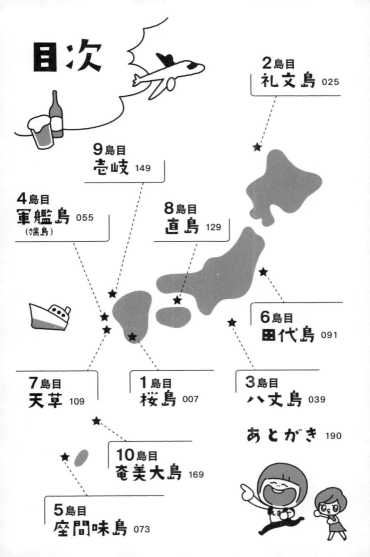

本文デザイン／西野史奈（テラエンジン）

アイランド・ホッパー

2泊3日
旅ごはん島じかん

Island
Hopper

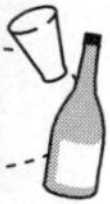

1島目

桜　島

2016年3月5日〜3月7日

初めて降り立った鹿児島空港、一歩外に出ると穏やかな春の空が広がっていた。市内に向かうべくわたしと担当編集者のM嬢が交通手段を探していると、地元のかたらしきひとに声をかけられた。

「走りに来たんですか?」

今回の旅において我われは何度となくこの質問を受けることとなる。

「なんですか、走るって」と、わたし。

「なんでしょうね、走るって」と、M嬢。

「マラソンに来たんじゃないんですか、お客さん」と、地元のかた。

どうやらこの週末、栄えある「鹿児島マラソン2016」が市内中心部で開かれるらしい。しかも今回が第一回目。なにも知らないわたしたちは、そのどまんなかにマラソンとまったく関係のない桜島取材に来てしまったようだ。

桜島。鹿児島市の東海上にそびえる周囲約五十五キロメートルの火山島。いまも活発な活動を続けており、平成二十七（二〇一五）年の総噴火回数は、じつに一二五二回に及ぶ。

「どうりでホテルが取りにくいと思った……」くちびるを噛《か》み締めるM嬢。しかし来てしまったものはしかたがない。気を取り直して市内に向かう。

車窓からは切り崩したシラス台地の白い山肌がよく見える。火山灰が降り積もってできた台地だけあって土や岩より軽く脆《もろ》そうに感じる。遠く霧島《きりしま》連山を望む山あいの高速道を進んでゆくと、やがて進行方向左手に桜島のすがたが見えてきた。麓はよく見えるのだが、雲がかかっているせいで肝心の火口付近は確認できない。それでも圧倒的な存在感が伝わってくる。

市内随一の繁華街である天文館《てんもんかん》にて今回の旅のアドバイザー、鹿児島在住・旧友のH君と合流。H君は火山関連の仕事に就いており、そのため桜島についてとても詳しい。最良最強の同行者と言えるだろう。

まずはお昼、天文館にあるラーメン屋「豚とろ」へ。この店は今年二月に行われた「第二回鹿児島ラーメン王決定戦」で三位に入ったという名店である。白濁したこってり系のスープに青葱《あおねぎ》、きくらげ、揚げた葱、そして厚切りのチャーシューがのっている。麺もスープも美味《おい》しいのだが、なによりこのチャーシュー！

ほどよい歯ごたえを残しつつも脂身と肉が口のなかでほろりととろけ、豚の旨《うま》みがじゅわっとしみ出す。

夢中になってラーメンを啜《すす》っていると、テーブルの上に不思議なものを見つけた。小鉢に盛られたこれは、どう見ても大根の漬けもの。H君に聞くと「どこの店にも置いてあります。たぶん濃厚な鹿児島ラーメンの付け合わせとしてぴったりだからではないでしょうか」とのこと。確かにたしかに。ぱりりとしたうす甘い大根の漬けものは、豚の脂でねばつく口中をさっぱり爽やかにしてくれるのだった。

昼食を終え、フェリー乗り場までのんびり歩く。二十分ほどで到着。

鹿児島港と桜島港を十五分で結ぶこの「桜島フェリー」、なんと二十四時間運航しているそうな。運賃は前払いではなく到着した桜島で払い、帰りも桜島で払う。つまり市街地側ではいっさいお金のやりとりがない。片道百六十円と運賃もとてもリーズナブル。船内に立ち食いうどん店があったり、日中は十五分間隔で運航していたりとまさに市民の日常生活における重要な足なのである。

定刻に出港。錦江湾《きんこうわん》内は波も穏やかで快適な乗り心地である。船の先頭部分に立って近づいてくる桜島を眺める。浸食された山肌やむき出しの黒い溶岩がなまなましい。

おりしも今回の旅のちょうどひと月まえに比較的大きな噴火があり、噴火警戒レベルがそれまでの2から3に上げられたばかり。行くまえは「噴火に遭ったらどうしよう」とびびっていたのだが、勇壮な山容を目にしたとたん「せっかくだから噴いてくんないかな」百八十度態度が変わる。われながらなんと調子のよいことよ……

この日は時間があまりないこともあり、「サクラジマアイランドビュー」という島の西エリアを約一時間でめぐる観光バスに乗る。

桜島港から出発し、道の駅、ビジターセンターを経て烏島《からすじま》展望所へ。海岸近くのこの展望所、もとは島だったのだが百年前の大正大噴火により溶岩に覆い尽くされ、桜島の一部となってしまったのだという。島ひとつを呑《の》みこむほどの噴火。その規模に思いを馳《は》せる。

やがてバスは海沿いを離れ、山道を登り始める。十分ほどで北岳《きただけ》四合目に位置する湯之平《ゆのひら》展望所に到着。標高三百七十三メートル、観光客が訪れることのできる最高地点である。目のまえにそびえたつ北岳は荒々しく、男性的な印象だ。一転振り向けば波穏やかな錦江湾、その向こうに鹿児島市街が陽炎《かげろう》のように揺らめく優しげな風景が広がっていた。

帰りのフェリーでH君に「錦江湾は大昔にできたカルデラなんです。ちなみにカルデラとはポルトガル語で『大きな鍋』を意味します」と教えてもらう。「カステラと関係あるかね」素朴な質問をすると数秒沈黙したのちH君は「……ないと思います」静かにこたえた。

フェリーを降り、可愛《かわい》らしい市電に乗って天文館へ。夕食は「正調さつま料理熊襲《くまそ》亭」にて。磨きこまれた木の引き戸を開け店内に入ると、古い薩摩琵琶《さつまびわ》や独楽《こま》のかたちをした愛らしいお雛《ひな》さまが飾られており、こころが和む。ちなみにここでも仲居さんに「走りに来たんですか」と聞かれた。「キビナゴの刺身」は見た目も綺麗《きれい》。淡泊で引き締まった身はいくらでも食べられそう。「名物黒豚のとんこつ」は、こってり甘口醬油《しょうゆ》で煮込んだスペアリブと大根の相性がばつぐん。「さつま地鶏《じどり》のたたき」や定番の「さつま揚げ」をつまみに芋焼酎「村尾」をロックでくいっ。芋くささがまったくない澄んだまろやかな飲み口で、濃いめの料理にぴったりだ。

最後は「鶏飯」。ご飯の上に錦糸たまごや海苔《のり》、鶏を細く裂いたものを載せ、熱々のお出汁《だし》をかけていただく奄美《あまみ》地方の郷土料理だ。優しいお味でお腹《なか》もこころも大満足。あとはホテルに戻って寝るだけ。寝るだけ――のはずだったのだが。やっちまったんである、わたしは。飲んだあとむしょうに食べたくなる〆《しめ》のラーメン、その誘惑に負け、深夜ひとりホテルを抜け出し、本日二杯目の鹿児島ラーメンを完食してしまったのである。やー美味しかったなー。

「やばい」。ようやくコトの重大さに気づいたのは、翌朝、鏡でオノレの腹部を見てから。ただでさえ最近太り気味なのに、人間ドックで注意されたばかりなのに……。ここに至り「いかにカロリーを消費するか」が今回の旅の隠しテーマとなった。

翌日は降水確率八十パーセントの予報だったが見事に晴天。「わたし編集部いちの晴れ女なんです」M嬢が胸を張る。素晴らしい。ぱちぱち。H君も引きつづき付き添ってくれる。

市内中心部はマラソンのため至るところ規制されており、昨日二十分で歩けた港まで迂回《うかい》に迂回を重ね一時間近くかけて到着。引き締まった身体《からだ》のランナーを見かけるたび、後悔と焦りがどっと押し寄せる。歩かねば。そして消費しなくては、お腹についた脂肪のやつらを！

島に渡り、港から反時計回りに桜島を半周するため観光タクシーに乗り込む。もちろんお約束の「走りに来たんですか」の洗礼にあう。

黒神《くろかみ》埋没鳥居まで東進する途中、ひっそりとした集落を見かけた。運転手さんによるとこの有村《ありむら》集落は火口から三キロメートルの危険区域内にあり、移住するよう勧告されたこともあるという。そのためほとんどの住民が移住し、残っているのは四世帯七名のみ。いずれもこの地に残ることを強く希望するかたたちだそうだ。生まれ育った土地への愛着を強く感じる。

川もいくつか越えたが、いずれも水は流れていない。それもそのはずでこの川は噴火による土石流を導き、被害を食い止めるために人工的に作られた水無川なのだ。川の左右には下から縦に緑、黄、赤の細いワイヤーが渡してあり、どのワイヤーが切れたかによって流れ下る土石流の量を砂防事務所に知らせる仕組みとなっている。

そんな説明を受けながら黒神鳥居に到着。この鳥居、もとは高さ三メートルあったものが大正三（一九一四）年の大噴火で降ってきた軽石や火山灰などにより、てっぺん一メートルほどを残し、あとはすべて埋まってしまったという。つまり大正大噴火のまえまで、地面はいまより約二メートルも低かったわけだ。

桜島は有史に残るだけでも三十回以上の噴火が記録されている。とくに八世紀半ばの天平宝字《てんぴょうほうじ》年間、文明《ぶんめい》七、八（一四七五、七六）年、安永《あんえい》八（一七七九）年、そして大正三年の四度の噴火は大規模で、死者や怪我人《けがにん》、村落の焼失など被害の度合いも大きかった。島に残るさまざまな遺物や慣習、そして溶岩の流れ下った圧倒的な痕跡が、噴火の脅威をまざまざと想起させる。

黒神埋没鳥居もそんな遺物のひとつだが、ほかにもはっと息を呑む情景にたくさん出会った。

たとえば湯之平展望所へ向かう道の途中にあるお墓。桜島のお墓は頑丈な屋根で覆われている。噴石や火山灰で壊れたり汚れたりしないよう考え出されたという。瓦葺《かわらぶ》きのものもあれば、ガレージに使うような「現代的」な屋根もある。どのお墓も摘んできたばかりのような美しい花々が手向けられ、きれいに掃き清められていた。島のひとたちがいかに祖先を敬い、たいせつに想《おも》っているかが肌で感じられる場所だった。

道路沿いにはコンクリートで作られた「退避壕《ごう》」が点々と存在している。自宅の庭にシェルターのある家も多いと聞いた。島のどこからでも火山の頂は見え、この山が火を噴いたらさぞ凄《すさ》まじかろうと、いち観光客であるわたしでも鳥肌が立つ。

途中、県道を逸《そ》れ、旧道から海辺の集落に降りてもらう。民家がかたまって建つ坂道を海に向かってゆくとふいに道が途切れ、小さな漁港があらわれた。深い緑色の海面はまるで翡翠《ひすい》を溶かし、固めたようだ。ぽつぽつと停泊するボートは、島民がぶりやはまちの養殖場まで「出勤」するための足だという。

一見平和そのものに見える静かな入り江だが、じつは噴火の際の避難港になっている。

「一つの村にひとつずつぜんぶで二十二の避難港があり、一番から順に番号がついていてペンキで大きく地面に書いてあります。有事の際は港まで逃げ、その島民をフェリーが拾ってゆくという計画です。フェリーが入れないここのような入り江は、ボートを使って沖合まで行くんですよ」運転手さんが説明してくれる。

ここまで避難計画が綿密なのはなぜなのか。その鍵はどうやら大正の噴火にあるらしい。H君が興味深い史実を教えてくれた。

「大正大噴火では数日前から前兆があったんです。地震が頻発したり井戸の水が沸騰したり、死んだ魚が海岸に大量に打ち上げられたり。安永の噴火のときの言い伝えも残っていて、島民はみな不安に駆られていた。村長はなんども鹿児島測候所に『噴火するのではないか』と尋ねたそうですが、測候所は『噴火の危険はない』と繰り返すばかり。そのことばを信じて残った数名が、けっきょく避難船に間に合わず溺死したんです。その教訓から村には『住民は理論を信じず異変を感じたら直ちに避難せよ』というような内容の刻まれた石碑があります」

その石碑はいまでも東桜島小学校校庭の片すみにひっそりと建っている。フェンスを隔てたすぐ向こうは海。大樹に囲まれた碑はまるで火口を見張るがごとく、海を背に静かに建ちつづけている。

言い伝えや口伝は命を守るいわば宝ものだ。そんな過去の経験や悔悟があるからこそ、桜島の人びとはつねに火の山を意識し、慎重のうえにも慎重を重ねているのだろう。

そんなことを思いながら二日目の桜島をあとにする。島内のほとんどの観光スポットで車を降りては歩いたおかげで朝よりはからだが軽い気がする。千里の道も一歩から。さらば脂肪、うぇるかむ筋肉。

夕食はJA鹿児島直営、鹿児島黒豚と黒牛しゃぶしゃぶのお店「華蓮《かれん》」で。歩きつかれたからだに霜降りのお肉、そしてビール。最高。なかなか手に入らないというまぼろしの焼酎「森伊蔵」にもありつけた。野菜もたっぷり摂取。

けれどもいまだ昨夜のラーメンに怯《おび》えるわたしは「ほらこのへん美味しそうだよ」と脂多めのお肉をさりげなくH君に回し、さらには「お腹空《す》いたでしょ。わたしの分もあげるね」と、さもさも親切なふりをして炭水化物やデザートまで食べさせるという姑息《こそく》な手段に出た。「わあ。ありがとうございます」笑顔で頰張るH君。許せ友よ……

桜島最終日。雲ひとつない素晴らしい青空。今日も無駄に、もとい張り切って歩くぞとスニーカーのひもを、ぎゅう、と結びあげる。同行者はM嬢そしてH君。港まで向かう途中またしても「走りに来たんですか」と地元のかたに聞かれる。「違います。桜島に来ました。昨日も一昨日も渡りました。今日で三回目です」決然と告げるM嬢。余所者《よそもの》とはいえ通い詰めて早や三日。もはや開き直りともとれる断固たる応対ぶりである。

今日の目玉は「溶岩で焼くピザ」。

「あ、溶岩プレートで焼いたピザね」と誤解されるかたも多かろうと思うが、違うのだ。今回の我われのミッションは、じぶんたちで溶岩を組み上げ窯を作り、生地から作ったピザをその窯で焼いて食べるという、かなり難易度の高い体験なのである。

体験場所は、桜島港から車で十分ほどの「溶岩加工センター」。十時きっかりに到着した我われは、爽やかな青年係員に笑顔で迎えられ、コンクリートブロックで簡単に組まれた土台のところまで案内してもらった。

「ではまず窯を作りましょう。お好きな溶岩の破片を持ってきてください」係員さんに言われるまま、破片の詰まった鉄かごから各自、溶岩を拾い上げる。この溶岩がまた重い。密度が高いせいか見かけよりずっと重いのである。両手で抱えるようにして持ち上げ、万が一にも足先に落とさぬよう慎重に運ぶ。

「その溶岩を組み合わせ、土台の上に窯を築きます。石垣を積む要領ですね。なかの空気が漏れないよう、すき間は粘土で固めて。一段組み上がったら、次の一段、というように何層か重ねていきます」

頷《うなず》いたわたしたちは、三方向に分かれ、それぞれの担当箇所をひたすら積み上げる作業に没頭する。

これがなかなかムズカシイ。煉瓦《れんが》と違って形も大きさもぜんぶ違うので、「あっ落ちた」「うわ崩壊した」、なかなか綺麗なドーム型にならないのである。三人の個性の違いもあからさまになる。緻密で丁寧な仕事ぶりのH君。行き当たりばったりのM嬢。そして生来のがさつさを遺憾なく発揮したわたしの担当部分はサザエのような凸凹ぶりである。

なんとか組み上げ、熱した木炭を窯に投入する。つづいて廃材を突っ込み、上《う》手《ま》く燃え盛るようにうちわであおぐ。窯の火が安定した頃合いを見計らって、ピザの材料登場。発酵させた球形の生地をめん棒で伸ばし、トマトソースを塗って玉ねぎやピーマン、ベーコンといった具材を散らしてゆく。できたピザを金網に載せ、いざ窯のなかへ。

「焼けムラができないよう、細かく金網を回しましょう」との指示のもと、じりじりとピザを回してゆく。ここでもわたしのがさつさは猛威を振るい、均等に焼けるべき生地の一部分だけがぷっくり盛り上がり、ついには破裂するという「プチ噴火現象」を引き起こしてしまった。ヴォルケーノでヴォルケーノ。嗚呼《ああ》。

でもでも、窯から作り、じぶんたちで焼いたピザはとっても美味しかった。

「人生でいちばんおいしいピザ」（M嬢談）だったのである。

雄大な火山を見ながらゆっくり味わって食べる。この三日間は噴火もなく、ときたま水蒸気が立ち上ってゆくのが見えるくらいだ。

「『せっかく来たんだから噴火してくれないかな』とおっしゃるお客さんも多い

です。気持ちはわかりますが、僕ら住民にしてみると、どうかこのまま静かであってくれ、と思いますね」

しみじみ語る係員さんのことばに、あらためて「火山とともに生きること」の意味、その重さ切実さを感じる。

火山島の恵みは多い。あちこちで湧く温泉。世界一大きい桜島大根や、小粒だが甘みの強い桜島小みかんは島民にも観光客にも人気の作物だ。加工された溶岩は、ピザ窯に焼肉用のプレートにと使い途《みち》が多々ある。その反面失うものもまた、多いのだ。そのふたつを常に肌で感じながら生きる——それが桜島の暮らしの、根っことなっている気がした。

ピザを食べ終わり、お礼を言って、溶岩加工センターとさようなら。

「じゃタクシーを呼びますね」いそいそとスマホを取り出すM嬢に、わたしは「待った」をかける。一昨日のラーメン、昨日の肉、そして最前のピザ（二枚完食）がわたしの脳内をくるくる回る。

「歩きましょう、港まで。ほら天気もいいですし。遊歩道もありますし」

「本気ですか中澤さん。五キロはありますよ、五キロは！」悲鳴のような声をあげるM嬢。

「五キロなら一時間かからずに行けちゃいますよ」日ごろ三十分かけて徒歩通勤しているH君がのんびりと言う。

「……わかりました……」悲しそうな目でスマホをしまうM嬢。そんなM嬢からそっと目を逸らすわたしであった。

海沿いの県道をてくてく歩き、分岐点から桜島溶岩なぎさ公園と烏島展望所を結ぶ全長約三キロメートルの「溶岩なぎさ遊歩道」に入る。初夏を思わせる強い陽射《ひざ》しが降りそそぎ、額からどっと汗がふきだした。所どころに設けられた東屋《あずまや》で休憩を取りながら桜島港を目指す。溶岩の黒い塊を、春の海がゆったりと包み込む。シーズンなのか、ひじき採りに励むひとをたくさん見かけた。穏やかな顔を見せる桜島を背景にとんびが何羽も舞っている。深呼吸する。海の青と空の蒼《あお》が、からだじゅうにとけこんでゆくこころもちが、した。

終点の港に到着。乾いた喉を小みかんジュースで潤す。傍らのM嬢がなにやらじっと売店の看板を見つめているのに気づく。看板には「桜島小みかんソフト」と書いてある。

「どうしたの」尋ねると、

「じつはわたし、旅に出ると無性にソフトクリームが食べたくなるんです」という。

「だったら食べなよ。せっかくだからソフトクリームの食レポをして」促した。

記念すべき「M嬢のご当地ソフトクリーム食べ歩き」第一回、小みかんソフトは「爽やかなさっぱり味です。クリーム少なめでちょっと固い食感です」とのこと。桜島に行かれた際はぜひご賞味あれ。

帰京した翌朝。どきどきしながら体重計に乗る。プラス一キロ……。でもいいのだ。一キロの贅肉《ぜいにく》以上に素晴らしい体験ができたのだから。

ありがとう桜島。お世話になりました鹿児島のみなさま。いつかまたきっと跳んでゆこう。

2島目

礼　文　島

2016年６月８日〜６月10日

六月初めの羽田空港。晴れ渡る空はどこまでも青い。

そこから北へ向かうこと約二時間。着陸した稚内《わっかない》空港で見上げる空はどんよりと曇り、いまにも雨が降りだしそうな気配だ。わたしは、ちらり、横目で担当編集者M嬢を窺《うかが》う。くちびるを噛みしめ、眉間にしわを寄せて天空を見上げたM嬢はひと言「……こんなはずじゃなかったのに」とつぶやいた。

そもそもこの時期に北海道の島へゆくことを決めたのは「梅雨の本州を避けるため」であった。「北海道に梅雨は存在しませんから」打ち合わせのとき胸を張ってそう主張したのはほかでもない函館《はこだて》出身のM嬢である。我われの目論見《もくろみ》はまんまと外れたわけだ。

しかし嘆いていても始まらない。今回は空港から稚内港まで移動し、そこからフェリーに乗って北限の島、礼文島《れぶんとう》を目指す算段である。礼文島といえば花の島、そしてウニの島。花もウニもいまが旬、このさい天候の良《よ》し悪《あ》しは二の次三の次である。

港に向けて稚内郊外を車は走る。車窓からは左手に丘陵、そして右手に日本海が見える。海岸に向かってなだらかにつづく丘はいかにも畑作に向きそうな土地だが、運転手さんによると「寒すぎてなにも育たない」そうである。言われてみると生えているのは笹《ささ》ばかり。それもみな背の低い、「がんばってしがみついてます」的な笹だ。

港近くに到着。フェリーの出港まで二時間弱。待ち時間を利用して、運転手さんおすすめの、JR稚内駅に隣接した「北市場・夢広場」へ。ここは一階がおもに海産物をあつかう市場で、二階が食事処《どころ》となっている。

やはりここまで来たからには美味しい海の幸をいただこう、と、三色丼をチョイス。三色の内訳はウニいくらホタテ。ちなみにM嬢は海鮮ラーメンをオーダー。待つこと十分、三色丼と海鮮ラーメンが運ばれてきた。その豪華さに思わずため息。

ぴかぴか輝くいくらは一粒ひと粒がぷりんと立ち、口に入れると程よい抵抗を感じさせつつ弾《はじ》けて旨みが広がる。ホタテは肉厚でくさみはまったくなく、ひたすら甘い。そしてウニ。醤油をちょちょっとかけ回してご飯と一緒に頬張ると、ねっとり濃厚な味わいが独特の磯《いそ》の香りとともに鼻へと抜けてゆく。がしっと丼を摑《つか》み、夢中でかきこんでゆく。合い間に啜る貝の味噌汁《みそしる》がこれまたいいお味。ハマグリ？　あさりかしらと思いつつ箸で摘《つま》んでみると、なんとベビーホタテであった。うーん贅沢。お向かいのM嬢の海鮮ラーメンもエビにカニ、そしてホタテとこれまたにぎやかである。澄んだスープにわかめの緑が映えて美しい。

大満足して食事処を出る。フェリーの出る稚内港は「北市場・夢広場」から歩いて五分ほど。海に向かって左手に利尻島《りしりとう》・礼文島行きのターミナルが、そして右手にはサハリンに向かう国際線のターミナルが建っている。

いま現在、サハリン行きの定期船は出ていないそうだが、国際線とあってかターミナルは高い鉄条網で囲われ、ものものしい雰囲気が漂っている。サハリンは宗谷岬《そうやみさき》からわずか四十三キロ。晴れた日なら稚内市内からでも島かげが見えるという。ふだん意識していない「国境」を肌で感じる瞬間である。

定刻通りに出航。藍色の海は凪《な》ぎ、ほとんど揺れは感じられない。反時計回りにノシャップ岬を越えると左手に綺麗な三角形をした山が見えてきた。利尻富士とも呼ばれる利尻山である。標高約千七百メートル、風雨に削られた山肌は険しく、尾根に残る雪は真夏でも溶けることはないそうだ。

二時間ほど快適な船旅をつづけるうち、やがて右手前方に目指す礼文島がすがたをあらわした。利尻にくらべるとだいぶ平坦《へいたん》な島だ。四時半過ぎ、無事礼文島の玄関口である香深《かふか》港に接岸。

礼文島は北海道の左上、稚内から六十キロの海上に位置する日本最北端の離島である。南北二十九キロ、東西八キロと縦に長い島だ。人口約二千六百六十人、稚内と同じく農業に適さない寒冷地であるため、観光と漁業が島民の生活を支えている。

なかでももっとも有名な観光資源は、海抜ゼロメートルから咲く高山植物であろうか。五月から九月にかけて次つぎ開花する花々は可憐《かれん》で愛らしく、とくに六月に花ひらくレブンアツモリソウをはじめとする礼文島固有種に魅せられてこの島を訪れる旅人が多いと聞く。

またエゾバフンウニやボタンエビ、利尻昆布といった海の幸も礼文の名産品だ。ちなみにわたしのおめあてはおもにこちら。まさに「花よりだんご」なトラベラーである。

さてそんな我われが今回お世話になる宿は、港から徒歩十分ほどの「三井観光ホテル」。ゆるやかな弧を描く海岸線に沿って建つ六階建ての和洋折衷旅館である。

夕食の時間を決めてM嬢と別れ、いったん部屋に入る。窓を覆う厚いカーテンを引くと――おお美しや、海を隔てて利尻山が正面にあらわれた。夕陽を受けて、頂が白くきらきらと光る。ホテルガイドを読むとどうやら一階に利尻山を眺めながら浸《つ》かれる天然温泉があるらしい。しかも露天風呂つき。わーい。大の温泉好きのわたし、ソッコー浴衣に着替えるや、タオルを引っ掴んでお風呂に向かった。

広くて明るい大浴場は、時刻が早いせいかほとんどひとがおらず、貸し切り気分でのんびり入ることができた。無色透明でほのかに硫黄のにおいが漂う湯は、舐《な》めるとわずかに塩気が感じられる。ガラス越しに利尻山を望みながら、長時間の移動で凝った手足を、うーん、思いきり伸ばす。はあ、極楽ごくらく。

内湯で温まってから露天風呂へ。風の冷たさが火照ったからだにここちよい。だが残念ながら露天は道路と同じ高さにあるゆえか細い竹の柵で目隠しされ、かんじんの眺望が開けない。ちとがっかりしつつ、それでもしっかり温泉を堪能。

こころもからだもほぐれたところで、二階にある夕食会場に向かう。壁一面がガラス張りになっており、暮れなずむ紺碧《こんぺき》の海と遠く利尻山を望みながらゆったりと食事ができる造り。時間は六時半とじゃっかん早めだが、すでに会場は八割がた埋まっている。見たところ七十代以上と思われる男女のグループが多く、ホテルはほぼ満室のようす。

花と山歩きと海の幸、それに温泉。そりゃ年齢層も高くなるよなあと納得したところで、まずはビールで乾杯。テーブルに並ぶのは、海の幸をふんだんに使った和食御膳。品数も彩りも豊富で、どれからいただこうかと目が泳ぐ。

もずくととろろの酢の物は新鮮で歯ごたえばつぐん。筍《たけのこ》とホタテの炊き合わせはお出汁の利いた上品なお味だ。前菜盛り合わせに礼文特産のタコの甘辛煮が添えてあるのも嬉《うれ》しい。

ビールが進むけれど、せっかくなので日本酒に切り替えることに。きりりと冷えた冷酒をガラスの猪口《ちょこ》でちびりちびり。この冷酒がまたメインの茹《ゆ》でタラバガニ、そして礼文島産の生ウニと相性合いまくりなのである。

タラバの身は汁気と甘みをたっぷり含み、柔らかいことこのうえない。ウニもまたとろける一歩手前なのに身がしまり、ごく小さなひと粒にまで旨みがぎゅっと詰まっている。

M嬢とふたり、語らいながら美味しく楽しく時間を過ごしていると「すみません。閉店の時間です」ホテルのかたがすまなそうに告げに来た。まだ八時半なのにーと思いつつ周りを見渡すと、あぁらびっくり。あれだけたくさんいた客がもう誰もいない。礼文島の夜は早い。そしてきっと朝も早いのであろう。我われも早々に引き上げ、明日に備えることにする。

翌日も残念ながら曇り。昨日より雲が厚いのか、利尻山も見えない。

ホテルを朝八時に出発し、香深港へ。今日は定期観光バスに乗って礼文島の見どころを廻《まわ》る予定。二階建ての大型バスは、島の南端にあたる香深港を起点に東海岸に沿って一路北上する。西海岸は険しい絶壁が続くため周回道路はなく、北端まで行ったらほぼ同じ道を帰る。

まず向かったのは澄海岬《すかいみさき》。島の北西部にある、その名の通り透明度の高い湾だ。展望台から見下ろす海は濃淡さまざまな青が美しい。茶色っぽく見えるところは昆布の群生している部分。「この昆布を食べてウニは美味しく育つのですよ」ガイドさんのつぶやきに激しく納得するわたし。

澄海岬を出たバスはいったん内陸に戻り、島に唯一残されたレブンアツモリソウの群生地へ。六月上旬、いまはちょうどレブンアツモリソウの開花期にあたる。

年に二週間しか咲かない、しかも礼文島でもここでしかまとまって見られないという「期間および地域限定」の超レアな高山植物なのだ。

「昔は島のあちこちで見られました。そのかたちから『風船草』と呼ばれ、子どもたちがぱんぱん割って遊んだものです。けれども空気や土壌の汚染により繊細なこの花は激減してしまい、いまでは自然のものは三～四千株と推定されるほど貴重な植物になってしまいました」ガイドさんの説明にレア気分がいよいよ高まる。

群生地に到着。山あいの湿地帯となった崖沿いで、やや緑色がかった白い花が、あっちに数株、こっちに数株といったぐあいにてんてんと咲いている。清楚《せいそ》なそのすがたは、御簾《みす》のかげでそっと微笑《ほほえ》む平安朝の姫君のようだ。可憐で控えめ。そして病弱、もとい繊細。カメラを向ける我われに向かい、

「紫外線に弱い花です。強い刺激を与えてはいけません。カメラのフラッシュもお切りください」告げるガイドさん。

フラッシュ不可!?　そんな植物、初めてだ。とはいえ確かに目の前のレブンアツモリソウを見ていると、我われのような庶民が侵してはならぬ「高貴さ」を秘めている気がしてくる。じろじろ見たりせず、こちらもそっと遠慮がちに——

と、「あらやだ」熟年女性の声とともに、がさり、なにかが草地に落ちる音が。振り向く。高貴な姫の寝所に、でかいスマホが落っこちていた。「あらら」つぶやきながら柵を越え、スマホを拾い上げるおばさん。

「……フラッシュすら厳禁、でしたよねぇ」ぼう然と立ちすくむM嬢に、「下手《へた》すりゃ捕まるな、おばさん……」こたえるわたし。じっさい盗掘があとを絶たないので、パトロール人員を配備し、監視カメラで二十四時間見張っているという。

高貴な姫よ、がさつな世間の荒波を乗り越え、たくましく生き抜いておくれ。祈りながらその場をあとにするわたしであった。

バスはそのあと礼文最北端＝スコトン岬へ。岬を散策し、覗いた売店で「スコトン岬名物　昆布ソフト」の看板を発見。これはM嬢に食してもらわねば。

「ええーこの寒いのにですかあ」渋るM嬢を説得し、薄緑のソフトを手渡す。「さすが北海道、牛乳たっぷりで濃厚です。昆布のつぶつぶ感はかなりリアルですね」素材感を重視したのが仇《あだ》となったようだ。

スコトン岬を出たあとは、島の南西部に立つ桃岩と猫岩を廻る。桃岩は桃まんじゅうにそっくりの、そして猫岩は背中を丸めた猫が遠く海の果てを眺めているかたちの巨岩である。どちらも絶景かつ風光明媚。

だがいかんせん寒すぎる。このとき気温十二度、北東の風三メートル。しかも小雨。ガイドさんによると「礼文島の六月から九月は晴天率が低く、すっきり晴れ渡る日は四か月間で十五日程度しかない」とのこと。がーん。梅雨よりタチが悪いかも。

初夏気分で島を訪れたわたしは最後の目的地「北のカナリアパーク」をバスが出発し、終点の香深港に着くやいなや「なんかあったかいもの食べたい」、涙まじりにM嬢に訴えた。

「わかりました。冷えたときにはラーメンです」厳かに頷くM嬢。「港近くでおすすめのラーメンありますか」すぐさまガイドさんに尋ねてくれる。うう、頼もしい担当さんだ。方向音痴だけど。かなり天然だけど。

おすすめの「炉ばた　ちどり」というお店へ足早に向かう。なんでも「ほっけのちゃんちゃん焼き」発祥の店だという。確かに店内に一歩入るやもうもうたる煙が立ち込め、魚の焼ける香ばしい匂いが鼻をくすぐる。

だが今回はラーメン、それも目のまえの海で獲れた海産物をしこたま載っけた

「磯ラーメン」を迷わず頼む。

このラーメンがもう感動的に旨かった！　澄んだ塩味のスープには複雑玄妙な魚介系の旨みが溶け込んでいる。具材はボタンエビに始まり、ツブ貝にホタテ、厚いチャーシューにメンマとぷりぷりのわかめ、そして生の甘いウニがどどん！と載っている。

エビは半生で味噌まで濃いお味。貝類は新鮮ゆえ歯ごたえはあくまでしっかり、嚙めば嚙むほどじわりと旨みが口に広がる。そしてウニ。ラーメンにのっけるなんて罰が当たりそうなほど新鮮でつやつやと輝いている。熱いスープでじゃっかん火が通ったおかげで身の甘塩さがさらに濃縮され、またなんともたまらない。「ごちそうさまでした」手を合わせたときには、寒さなんてどっかに吹き飛んでしまっていた。

さて旅も三日目、礼文島にさようならをする日である。

お土産でも探そうかとすこし早めに港に着いた我われの耳に若い男性の絶叫が聞こえてきた。なにごとぞ。急いで声のするほうへ駆け寄る。

海上をゆっくり進む利尻島行きフェリーの最後尾デッキに立ち、手を振る男性がひとり。ここまでは日常的な風景だろう。

異様なのは岸壁である。手を振る男性に向かい、なにやら大声で叫び、歌い踊る青年たちが三人。しかもうちひとりは裸足《はだし》。そしてかんじんの歌と踊りは大学の応援団風、もしくは江頭《えがしら》２：50、通称エガちゃん的ダンス。

フェリーが見えなくなり、ようやく踊り終えた三人に突撃取材を敢行。

リーダー格の裸足の男性によると「我われ二名は桃岩荘というユースホステルのヘルパーです。こちらはいまのフェリーで着いたお客さん。毎回こうやって泊まってくれたお客を見送り、いらしたかたを歓迎しています」とのこと。なんとスタッフのみならず、お客も加わったパフォーマンスだったのだ。

忙しそうな彼らを引き留めるのも忍びなく、かわりに町に戻り、商工会議所を訪ねてみることに。アポなしで突然あらわれた我われに、会議所のみなさんは快く応じてくださる。以下、会議所のかたへのインタビュー抜粋。

「あー桃岩荘ね。有名ですよ。五十年ほどまえにできた礼文島の宿泊施設の草分けです。桃岩の横にある、昔のニシン番屋、ま、漁師小屋を使った建物でねぇ。あの踊り？　あれも昔っからですよ。わたしなんか小さいころから見てるもんで驚かないというか、もはや慣れちゃったというか。全国的にも有名なユースホステルで、最近は『四十年前に泊まりました』と言って、懐かしさからふたたび泊まりに来る熟年のお客なんかもいるそうですよ」

知らなかった……礼文島にそんな超有名な（一部では）宿があるなんて……お礼を申し上げ、会議所を辞去。ちょうどやってきた稚内行きのフェリーに駆け込む。

船上で改めて検索すると、出るわでるわ桃岩荘ネタ、なんとウィキペディアまで存在する。

「せっかくだから今度泊まってみようか、桃岩荘」

遠ざかる島かげに思いを馳せながら横に立つM嬢に微笑みかける。ゆったりと微笑み返したM嬢は、だがきっぱりと「遠慮しておきます」こたえるのであった。

最後にバスガイドさんに教わった耳寄りな情報をひとつ。

礼文島では毎年六月～九月、昆布干しの住み込みアルバイトを雇うそうだ。告知は三月ごろ、おもにネットで。酷暑の本州を避け、豊かな海の幸と愛らしい花々に囲まれて働く夏もなかなかよいもののように思われるが、いかがだろうか。

3島目

八　丈　島

2016年９月１日～９月３日

かんかんと照りつける晩夏の太陽の下、重たいキャリーバッグをごとごと引きずりながら、空港横の歩道をわたしとM嬢は歩いている。我われ以外に人影はない。車も数分に一台、通りかかるくらいだ。

「ねえ、本当にこの道でいいの？」何度めになるかわからない問いをわたしは発する。

「いいはずです。空港の観光案内所のおじさんがそう教えてくれました」これまた何度めになるかわからぬこたえをM嬢がつぶやいた。

「ねえ、本当に歩いて辿《たど》りつけるの？」

「着けるはずです。空港の観光案内所のおじさんがそう教えてくれました」

この会話もまた、何度繰り返されたことだろうか。M嬢と案内所のおじさんを信じ、わたしは歩きつづけることにする。温度も湿度も高い。拭いてもふいても汗がだらだら滴り落ちる。

まだまだ暑い九月初め、わたしとM嬢は羽田から五十五分、都内にある南国＝八丈島《はちじょうじま》へとやってきた。東京から南へ二百八十七キロ、黒潮のまっただなかに浮かぶ八丈島は周囲五十八・九キロ、東の三原山《みはらやま》、西の八丈富士というふたつの火山がくっついてできたひょうたん型の島である。面積はほぼ山手線の内側と一緒。ひょうたんのウエストにあたる部分が平地になっており、空港や町役場、町立病院に警察署と、島の主要な機関がそこに集まっている。いわば八丈島の中心街だ。

我われが目指しているのは中心街からちょっとだけ外れた歴史民俗資料館、そしてその途中にあるという喫茶店。「ランチを食べるならどこでしょう」と案内所で尋ね、教えてもらった店だ。

空港から歩くこと十五分。車道の横にはアロエが生い茂り、歩道では南国ムードを盛り上げるハイビスカスが咲き誇る。南の島に来たとの思いを強くする。

だがいっかなそれらしき喫茶店はあらわれない。いや喫茶店どころか店のひとつもない。おかしい。本当にこの道で合っているのだろうか。

またしても同じ問いを発しようとしたそのとき、ききぃ、ブレーキ音を立てて一台の軽自動車が目の前に止まった。同時に「あなたたち、どこへ行くの？」運転席から身を乗り出した地元のかたらしきお姉さんに聞かれる。「民俗資料館へ行こうと」M嬢がこたえると、お姉さんは「ええ⁉　歩きであそこまで⁉　無理むり、連れてってあげるから乗りなさい」車から降りてきてくれた。なんと親切な！　ひたすら礼を言って乗せていただく。車中、目指していた喫茶店はもう昼の営業を終えていることも教えてもらう。

「……おじさんに、してやられました」くちびるを嚙むM嬢。

「お昼を食べるならここで買うといいよ。資料館のすぐそばだし」そう言ってお姉さんはスーパーで我われを降ろし、笑顔で去って行った。八丈島のひとってなんて優しいんだろう。手を振りながら感動する。

買ったお弁当を店さきで食べ、いざ資料館へ。

八丈島歴史民俗資料館はその名の通り、先史時代からの島の歴史や自然、文化、さらには「第一号」の宇喜多秀家《うきたひでいえ》から始まる流人コーナーまでさまざまな分野を網羅した資料館である。

使われている建物は旧八丈支庁舎。木造平屋建て、レトロ感漂うこの建物じたいが貴重な民俗資料だ。お願いしてあったガイドさんが一部屋ひと部屋、丁寧に案内してくださる。

ガイドさんの説明で、三原山は十万年前ごろから、一方の八丈富士は一万数千年前に噴火したまったく別の火山であること、黒潮に乗って船やひとが流れ着きそのおかげでさまざまな文化がもたらされたことなどを知った。

そして流人。

「流人というと大罪人と取られがちですが、八丈に流されたのは思想犯や任俠《にんきよう》者《もの》が多かったんです。彼らのおかげで江戸や薩摩の最先端の文化がもたらされました。だから島のひとも流人を大切に扱った。また流人も三つの約束事――島抜けしない、島娘と結婚しない、密書を出してはならない――を守れば自由に暮らせたので生き易《いやす》かったんじゃないでしょうか。江戸時代、男性の平均寿命が三十・五歳だったところ、流人は五十五歳でした」と、驚くべき事実を教えてくれた。

でも確かにそうかも。温暖な気候、豊富な海の幸、懐の深い島の人びと。これだけ揃《そろ》えば長生きしないほうがおかしい。

二時間ほど見学して、ホテルに移動する。今回の宿は、ひょうたんの右ウエスト部分、三根《みつね》地区に建つ「リードパークリゾート八丈島」。部屋の窓から深い群青に輝く太平洋が見渡せる。地下一階に設けられた大浴場と露天風呂からも海を一望でき、夕暮れ、刻一刻と変わってゆく空と海の青を眺めながらのお風呂はとても気持ちがよかった。

汗をさっぱりと流したわたしとM嬢は、夕食を取るため地元のかたにすすめられた居酒屋「大吉丸」へ。大衆的で温かい雰囲気のお店だ。

まずはビールで乾杯。たくさん汗を流したあとだけにビールが美味《う ま》い。お通しは海藻を入れた玉子豆腐に、エビとオクラのあんをかけたもの。海藻の歯ごたえが意外に強くてちょっとびっくり。

つづいて定番「明日葉の天ぷら」。明日葉は八丈島の特産品で、「今日摘んでも明日には芽が出る」ほど生命力の強い草だ。独特の癖と苦みがあるけれど栄養価が高く、焼酎も明日葉茶で割れば二日酔いしにくいという。天ぷらは衣さくさくで、明日葉の苦みがちょうどよいアクセントになっている。

刺身はお店のお任せ盛り。カジキに赤サバ（チビキ）、カンパチ。脂っこくないのに口のなかでとろけるのは鮮度がよいからだろうか。

刺身につける薬味はわさびではなく、島とうがらしと呼ばれる小さな青いとうがらし。半分にちぎって醤油に漬けておくと程よく辛さと香りが移り、地の魚とよく合う。これも名物、ムロアジのくさやもいただく。「新島《にいじま》のくさやほどはくさくない」と島のひとは言うが、やはり結構パンチの利いたニオイがする。

焼いた魚も食べたいねということになり、オナガのかぶと焼きをオーダー。オナガはハマダイとも呼ばれる鮮やかなオレンジ色の魚だ。こんがり焼かれたかぶとは淡泊な白身で、身がみっしりと詰まっている。M嬢とふたり熱心にほじほじして食べた。

「ごちそうさまでした」店を出てふと夜空を見上げると、そこには満天の星ぼしが。南北に流れる天の川も、西の空に沈みかける北斗七星もくっきりと見える。明日もきっといい天気だ。星の光を浴びながらホテルまで帰った。

翌日は予報通り快晴。午前中は「初心者でもできる堤防釣り」に挑戦。世話してくださるのは神湊《かみなと》漁港近くのフィッシングクラブ。こちらは「宝亭」という食堂も開いており、釣った魚をお店で調理してくれるという。

「今日のお昼はじぶんたちで調達じゃー！」気炎を上げるわたし。

堤防に着くと「釣り歴五十年」といった感じのおじさんがすでにいらしており、釣竿《つりざお》の扱いかたからコマセ（寄せ餌）の詰めかたまで懇切丁寧に教えてくれる。

堤防から海を覗《のぞ》きこむと、おるわおるわ、ちっこいのから派手な縞柄《しまがら》の、くち先の長いのからまん丸いのまでさまざまなかたちの魚影が見える。釣るより網で掬《すく》ったほうが早いんじゃないかと思えるくらいの魚影の濃さだ。期待に胸膨らませ、午前十時、いざフィッシング開始。

開始五分後、早くもアタリが来た。夢中で竿を上げる。縦縞の五センチほどの魚ゲット！

だがおじさんは、「あーこりゃ食べらんねえやつだわ」針を外し海へポイ。あッなんかもったいない！　だがおじさん曰《いわ》く、「これはね不味《まず》いの。ここらじゃ誰も食べないの」。そ、そうなのか……。気を取り直してふたたび糸を垂れる。

と、今度は横のM嬢が「なんか引いてます！」と叫ぶ。「上げてあげて」おじさんに促され竿先を上げるM嬢。赤っぽくて流線形の綺麗な魚が、ぴちぴち、針にかかって暴れている。

「これは食べられますか」すかさず尋ねるわたし。

「食べられるけど、ちっこいから食べでがないよ」と、これまたおじさんにリリースされてしまう。十センチでも小さいのか……こりゃ思ったよりハードル高いかも。

「狙うのはムロアジ。ほらあそこ集団で回遊してるでしょ、あれを釣らんことにゃ」

おじさんに諭され、目を凝らすが、どれも同じ魚にしか見えない。だががんばるしかない。我われのお昼は彼らにかかっているのだ。彼らには迷惑かもしれないが。

「ほら群れが来た、早くはやく」急《せ》かされ、わたわたと竿を垂れるわたし。こつん。硬い手応えが来て、いまだ、と引くが、針にはなにもかかっていない。

二時間半、そんな感じで粘ってみたものの結局ムロアジは一匹も釣れず、ただ餌のコマセが減ってゆくだけ。

「お昼を釣りにきたつもりが、逆に彼らにお昼を食べさせる結果になっちゃいましたね……」うなだれるＭ嬢。その通りだ。悲しい。

「釣れなくて申し訳ないなあ。さいきん海水の温度が異常に高くてさ、ムロアジ、冷たいところに行っちゃうんだよ」しょげるおじさん。温暖化の影響がこんなところにもあらわれているのだろうか。都市部とはまた違う「変化の様相」を身をもって知った。

空っぽのクーラーボックスを提げて食堂に戻る。そんな我われを憐《あわ》れんだのか、オーナーさんが「釣れたけど食べないからって置いてったひとがいるから」と、同じ堤防出身のムロアジ四匹を、タタキと塩焼きにして出してくれた。新鮮なムロアジはそれはそれは美味しかったけれど「これがじぶんで釣り上げたものだったら」ついつい愚痴が出てしまうわたしであった。

昼食後ホテルでひと休みしてから、今度は八丈富士に広がる「ふれあい牧場」へ。ここでは食用の黒毛和牛十数頭と、乳牛用のジャージー種一頭を放牧している。

標高八百五十四メートル、稜線《りょうせん》の美しい八丈富士、そのちょうど中腹あたりが牧草地として開墾され、牛たちがのんびりと草を食《は》んでいる。眼下に八丈の町と波穏やかな太平洋が見渡せる。吹きあげてくる風が心地よい。風景を楽しみながら歩いていると面白い看板を見つけた。

『牛には一頭ずつ名前がついているので呼んであげてください。オスは漢字、メスはひらがなの名前です』

言われて見ると、牛の耳につけられたタグに「あき」だの「次郎」だのといった名前が書かれてある。

いちばん柵に近いところに座り込む黒毛和牛の「みつ」ちゃんに目をつけ「みつー。みつちゃん」と呼びかけてみる。だがいっこうに反応しない。どころか敢《あ》えて無視している気配すら窺われる。どうやら今日は魚につづいて牛にまで無視される日なのらしい。

まあいいさ。みつよ、元気に育てよ。こころのなかで別れを告げ、山の緑、海の青、そして流れゆく雲の白、その壮大な光景をもう一度目に焼きつけて牧場をあとにし、予約しておいた寿司屋《すしや》へ向かう。今夜は来島前から楽しみにしていた島ずしを食べる予定。

島ずしは八丈島の郷土料理で、醤油ベースのたれに漬け込んだネタを甘めの酢飯で握ったもの。わさびの代わりに練り辛子が使われるのが特徴で、これはわさびが手に入らなかった時代の名残りだそうな。島のひとに教わった「あそこ寿司」というお店に入る。

メニューを見ると、あった、あったぞ「島寿司」。

「これですね、これですね」うきうき声のM嬢がさっそく島ずしを二人前オーダー。

だがわたしはその隣の「醤油漬（予約要）」を見逃さなかった。もしかして。嫌な予感が走る。

「お待ちどおさま」

テーブルに届けられた「島寿司」は、メダイやキハダマグロといった地の魚を握ったもので、ぴかぴか光ってとても美味しそうだがどう見ても「漬け」ではない。しかも辛子ではなくわさびが使われている。

「……M嬢。もしかしてこれは島の魚を使った『島寿司』であって、我われの求めるものはこっちの『醬油漬』だったのでは」恐るおそる言うと、眉根にしわを寄せたM嬢が「わたしもそんな気がします」深ぶかと頷いた。

やってしまった。「島ずしと言えば漬け」と決めつけ、確認を怠ったのがいけなかった。

歯ごたえも旨みも抜群の「島寿司」をいただきながら、「残るは明日のお昼だけだあ」「ラストチャンスに賭けましょう」、「島ずしリターンズ」を誓う我われであった。

旅も三日め最終日。今日は八丈の文化に触れる日と決めていた。ホテルに荷物を預け、樫立《かしたて》地区にある「服部屋敷」へ移動する。ここでは観光客に踊りや太鼓などの伝統芸能を見せてくれるという。

午前十時から、まずは「樫立の手踊り」を鑑賞。配られたプログラムには①あいこ節（宮崎）から⑫芸州節《げいしゅう》（広島）まで、日本各地の踊りが記されている。

江戸時代、流人や漂着者たちによって伝えられた各地の盆踊りが綴《つづ》り合わされて、この「樫立の手踊り」となったためという。

生まれた土地から遠く離れた人びとが、もう戻れない故郷を偲《しの》び、歌い踊り継いできたのだろう。これも黒潮のもたらした文化のひとつなのだ。

楽器による伴奏はいっさいなく、横一列に並んだ男女四人により、唄に合わせて複雑かつ軽妙な手振り足運びが繰り広げられてゆく。ふだん見慣れている盆踊りより哀愁が漂っているように思われるのは、その来歴ゆえであろうか。

踊りが終わると八丈太鼓の登場である。太鼓を台の上に載せ、左右両側から叩《たた》く。一方は「下拍子」といって正確なリズムで叩き、もう一方は「上拍子」、リズムに合わせてアドリブで叩く。決まりごとはなく、まるでジャズを聴いているような自由奔放さが最大の魅力だ。

わたしが聴いた曲は、夫婦で上下の拍子を打っていらした八丈太鼓。さすが夫婦、息が合っていて、アドリブなのに最後の一音までぴたりと決まる。観客から盛大な拍手が沸き起こった。

踊りと太鼓の余韻に浸りながら、「島ずしリターンズ」に向かう途中、「あしたばソフトクリーム」という看板を発見。寄り道することに。

三回めとなる「M嬢のご当地ソフトクリーム食べ歩き」だ。以下、M嬢の実食レポート。

「滑らかでクリーミー。わずかな苦みも程よく最高レベルの味」だそうである。

さてかんじんの島ずし。

昼で予約が取れたのは奇《く》しくも昨日お世話になった「宝亭」。ここでようやく念願の島ずしにありつけた。漬けられたネタの色から別名「べっこうずし」とも呼ばれるらしい。江戸前寿司よりかなりおおぶりな一貫を箸で摘んでぱくり。甘めの醤油だれに、練り辛子の辛味とかすかな酸味がよく合っている。

美味しいおいしいと食べ進むうちに「あれ、この味、なんかに似てる」という思いが頭の隅を掠《かす》める。

なんだろう。ふだん食べているもの、そのなにか——しばらく考えてこたえが出た。ホットドッグ。そう、島ずしとホットドッグはほのかに似ているのだ。

醤油とケチャップの違いはあれど、やや甘めの調味料に、旨みの凝縮された具材。そしてなんといってもふんだんに使われた辛子が、島ずしとホットドッグを近しいものにしている。気がする。わたしだけかもしれないが……

一人前八貫の島ずしを美味しく平らげたわたしは、八丈島最後のイベント「黄八丈織」の体験をすべく工房へと向かった。

黄八丈は八丈島に伝わる草木染めの絹織物だ。織物の技術を伝えたのもまた、都からの流人と言われる。陽を受けると黄金色に輝く黄色の正体は「八丈刈安《かりやす》」と呼ばれるイネ科の一年草で、この黄金色を主体に、茶や黒、白などの色糸を組み合わせ、さまざまな文様を織り出してゆく。

木製の織機に縦糸を張り、その間に舟形の「杼《ひ》」をくぐらせることで横糸を通し、一段いちだん織りあげる。すべて手作業で、熟練した職人でも一日で数十センチしか織れないという、とても根気の要る作業だ。

織機にはピアノのペダルのような「足」が四つついており、これを交互に踏み替えながら両手で杼を通す。文様が均等になるように両手両足、さらには頭まで使うかなり高度なタスクである。不器用で単細胞なわたしが織ると、糸を通したはずがなぜか解《ほど》けてしまったり、糸を引き締めるのを忘れて端がでこぼこになってしまったり。それでも伝統工芸士の資格を持つ店主さんは、根気よく教え、直してくれる。うう、出来の悪い生徒ですみません。

三十分ほどかけて、なんとか十五センチ四方ほどのコースターが完成。指導のおかげで綺麗な格子縞が等間隔に並んでいる。店主さんが仕上げを施し、のちほど送ってくれることに。礼を言って店を辞去する。

ホテルで荷物をピックアップし、空港に向かう道すがら、今回の旅を反芻《はんすう》する。流人の伝えた文化に触れ、島ずしをはじめ美味しい郷土料理をたくさんいただいた。これらはすべて黒潮のもたらす恵みと言えよう。けれども。わたしは思う。いちばんの「恵み」は、初日に助けてくれたお姉さんや資料館のガイドさん、釣りを教えてくれたおじさんや親身になって車を走らせてくれたタクシーの運転手さん、それに黄八丈織の先生である店主さん——島のひとの温かさ、そして優しさではないだろうか。

大昔から黒潮に乗って、さまざまなひとやものが流れ着いて来た八丈島。それらを拒むことなく、広いこころで受け入れてきた島のひとのおおらかさこそが、黒潮のもたらしたいちばん大きな恵みなのではないだろうか。

空港が見えてきた。お別れするのが淋《さび》しい島が、またひとつ増えてしまった。

4島目

軍艦島（端島）

2016年12月11日〜12月13日

その島にはかつて五千二百六十七名もの人が住み、人口密度は東京都区部の約九倍、世界一の過密ぶりだったという。長崎港から南西約十九キロの沖合に浮かぶ島、端島《はしま》。通称・軍艦島《ぐんかんじま》の話である。

もともとは南北約三百二十メートル、東西約百二十メートルの小さな岩礁であったが、江戸時代後期、漁民によって石炭が発見され、佐賀藩が小規模な採炭を始める。本格的に操業が始まったのは明治二十三（一八九〇）年、三菱に採炭の権利が譲られてから。

以来その小さな岩礁は六回にわたる埋め立てや護岸堤防の建設を経て、南北約四百八十メートル、東西約百六十メートルにまで拡張された。島全体が岸壁に覆われ、その内側にびっちりすき間なく高層アパートが立ち並ぶそのすがたは軍艦「土佐《とさ》」にそっくりで、そこから「軍艦島」と呼ばれるようになる。

今回の旅の目的地はこの軍艦島。かつて人びとがひしめき合うように暮らし、昭和四十九（一九七四）年の炭鉱閉山ののちは一転して無人島になってしまったこの稀有《けう》な島に上陸し、島の歴史や空気を肌で感じてみたい——そう思い定めたわたしと担当編集者M嬢は、初冬の風が冷たい十二月半ば、羽田から一路長崎空港へと向かったのだった。

長崎は快晴。東京よりもだいぶ暖かい。到着ロビーで今回の旅の案内人を務めてくださる友人・Yさんと落ち合う。

Yさんは長崎生まれの長崎育ち、わたしと同年代の笑顔の素敵な女性だ。大学生時代、軍艦島のお隣、やはり炭鉱の島として栄えた高島《たかしま》のフィールドワークをしていたという、もう「この旅にこれ以上最適なガイドはいないんじゃないか」と思われるほどの「長崎の達人」である。

「とりあえずお昼を食べましょう」ということになり、Yさんの車で長崎市内へ向かう。道すがら、さっそく軍艦島についてのレクチャーをしてくださる。

「『軍艦島に行く』って言うと地元のひとはびっくりするんです。『なんでわざわざあの島へ』って。というのも市内には軍艦島に住んでいたひとがたくさんいて、彼らにとってはあの島は観光地というよりごく普通の、何でもない島だからなんです」

聞けばYさんのおばさんもかつて住んでいたそうである。

「それに……」Yさんの話はつづく。「閉山の際はいろんな事情を抱えてたひとも多くて、なかには夜逃げ同然で島を出たひともいるんです。使っていたお茶碗《ちゃわん》や脱ぎっぱなしの洋服なんかをそのまま置き去りにして。だから『軍艦島を観光気分で見てほしくない』というひとも多かったんですよ」

その気持ちは痛いほどよくわかる。じぶんや家族が必死で生きてきた暮らしの名残り、それを興味本位で覗かれるのは耐えがたい気分に違いない。

ハンドルを握りながらYさんは語る。「でも平成二十七（二〇一五）年に世界文化遺産に登録されて、くわえて実際に住んでいた方々の高齢化が進んで、嫌がるひとが減ってきて。『きちんと保存して公開したほうがいいんじゃないか』って声のほうが大きくなったんですね。それで軍艦島周遊ツアーや上陸ツアーが実現することになったんです。とはいえ見学できるのは決められたコースだけで、街の内部やアパートのなかには入れないんですけれども」

そうだったのか。事前学習として、昭和三十（一九五五）年にNHKが当時の島の暮らしを記録した短編映画「緑なき島」を見、島の人たちの生き生きとした暮らしぶりや、まるで迷路のような高層アパート群を目に焼きつけてきたわたしはちょっとがっかり。とはいえ島に渡り、間近からその風景を見られるのだ。期待に胸がふくらむ。

そんなわたしに優しいまなざしをそそぎながらYさんは「ちなみに『十二月に軍艦島に行く』って言うと地元のひとはみな『えッ』とのけぞります。渡し船の船長さんにも『冬の船旅はベーリング海峡の蟹工船《かにこうせん》のごとく荒れるばい』って言われました」世にもオソロシイ事実を告げる。

「……ベーリング海峡」「蟹工船……」不安げにお互いを見交わすわたしとM嬢であった。

お昼は長崎港内にある「出島《でじま》ワーフ」というお洒落《しゃれ》なエリアで「レッドランタン」というお店のちゃんぽんをいただく。わたしとYさんは「海鮮ちゃんぽん」を、M嬢は「海鮮皿うどん」を注文。

運ばれてきたちゃんぽんはキャベツやもやし、ニンジンなどの野菜に加え、ぷりぷりのエビやイカがたんまり載っている。

まずは白濁したスープをひと口。豚骨出汁だというのにくさみや脂っぽさがまったくない。まろやかで濃厚、なおかつ上品なお味だ。

「長崎では、どんなに汚くて小さなお店でもちゃんぽんだけは美味しいんです。外れることはありません」Yさんのことばに深く頷く。

M嬢の皿うどんは揚げた麺の上に、筍やエビ、豚肉などをふんだんに入れた塩味のあんがかかっていてこれまた美味しそう。海の幸山の幸、両方に恵まれた長崎ならではの逸品といえよう。

食後はかつてオランダ商館が立ち並んでいた出島を「さるく」。さるくとは長崎の方言で「ぶらぶら歩く」という意味。細い坂道の多い長崎は、車よりなにより「さるいて廻る」のがいちばんとのこと。

出島を出、ホテルに荷物を置いてからお夕飯へ。今宵《こよい》はYさんプレゼンツ「アラの宴」である。

じつは恥ずかしながらわたくし「アラ＝魚の粗」だとばかり思い込み、「冬は骨のまわりが旨いのかな」などと考えていた。

だがしかし違うのである。長崎で言うアラとは超高級魚クエのこと。スーパーでひと山三百円で買えるシロモノとは全く違うのだった。しかもYさんが連れて行ってくださったのは銅座町《どうざまち》にある老舗割烹《かっぽう》「銀鍋」。かの食通・檀一雄《だんかずお》『火宅の人』にも登場する名店中の名店だ。そんな由緒正しき店を「ひと山三百円」だと思っていたとは……Yさんごめんなさい。

ご馳走《ちそう》になったのは「珍味三種盛」から始まる「あら尽くしコース」。

まず出てきたのが藍の大皿に盛られた「あら刺し」。薄造りの透き通るような白い身は、いっけん河豚《ふぐ》のように見えるが河豚より歯ごたえがあり、脂がもっちりと乗っている。身だけではなく小腸や肝も添えられ、内臓ならではのこりこりした食感や独特の旨みが楽しめる。

つづいて「あらのあら煮」。大ぶりの骨についた身は、魚よりも肉に近いしっかりした噛みごたえが楽しめる。出汁のよく出た甘みの強い煮汁が身に絡み、たまらなく美味しい。「あらの焼き八寸」は西京焼きがメイン。つづく「あらの竜田揚げ」は下味がしっかりとつき、外はかりかり、噛むと、じゅわっ、肉汁ならぬ「あら汁」があふれ出る。珍しいのは、別に添えられた皮も食べられるところ。さくさく香ばしい揚げ皮が、地の麦焼酎「壱岐《いき》スーパーゴールド」ととてもよく合う。

最後の大物は、待ってました「あらちり鍋」。透明なスープに白菜や葱を入れ、あらを豪快に投入。あらも美味しいが、出汁を吸った野菜の甘いこと！　そして鍋の〆といえばやはり雑炊。ご飯を入れ、軽く煮立ったところで溶き卵をとろーり。すべての旨みを吸い込んだ金色に光る雑炊を夢中でかきこむ。至福の瞬間である。

美味しいおいしいと食べつづけるわたしを嬉しそうに見ながらYさんが、「やっぱり初日に食べてもらって正解でした。軍艦島に渡ったあとだと胃がダメになってるかもしれないし」またしてもオソロシイことばをつぶやく。思わず箸を止め、ふたたび不安げに視線を交わすわたしとM嬢であった。

翌日は曇天。朝九時に、常盤《ときわ》ターミナルから徒歩三分ほどにある「軍艦島デジタルミュージアム」に集合。ガイドさんに館内を案内してもらいながら、軍艦島についての基礎知識を身に付けてゆく。

展示された三千枚以上のモノクロ写真には、島内で生活していた人びとの暮らしぶりが克明に映し出されている。当時のアパートの室内を忠実に再現したコーナーや、海底炭鉱に向かう道のりをデジタル映像を使ってリアルに体験できるコーナーなど展示内容は盛りだくさん。予備知識なく長崎に来たひとでも軍艦島上陸をじゅうぶん楽しめる工夫がされている。

ミュージアムを出、高速船「マーキュリー」にいざ乗船。我われ三人は二階に上がり、デッキ席に陣取る。

「酔い止めです、飲んでください」M嬢がわたしとYさんに錠剤を渡してくれる。揺れませんように、無事に上陸できますように。祈りつつごっくん。

軍艦島への約四十分の船旅は祈りが通じたのか揺れもほとんどなく快適に進む。伊王島《いおうじま》に寄港したのち、高島の横を通り、船はどんどん軍艦島へ近づいてゆく。ただの黒い塊にしか見えなかった島の様相が、細部までだんだんはっきり見えてくる。圧倒される思いで島を見つめる。

曇り空の下、高い岸壁に囲まれ、ぽつんと洋上に浮かぶ島はまさに軍艦そのもの。岸壁すれすれまで高層アパートが立ち並び、わずかに残る元々の岩礁のてっぺんには鉱長の住んでいた「島内にひとつだけ」という一戸建てが遠望できる。

まずは船で島をぐるりと一周し、上陸できない箇所を船上にてガイドさんが案内してくれる。

「あれは学校、その向こう側は病院です。軍艦島には島内だけで生活できるよう、ありとあらゆる施設が揃っていました。病院や小中学校はもちろんお寺に商店、映画館やパチンコ店まであったんです。けれど土がない島なので畑は作れず、真水も湧きません。なので毎日長崎から水や生鮮食料品を運んでいました。ちなみに家賃と水道代は会社持ちで無料。電気代も石炭の島だけあって格安で、おかげで家電製品の普及率が高く、たとえば白黒テレビ所有率が全国平均十パーセントの時代、軍艦島では百パーセントを誇りました」島の生活史をガイドさんが語ってくれる。

ちなみに「会社」とは軍艦島を開発した三菱鉱業のことである。説明を聞いているあいだにも船は動きつづけ、島はさまざまな表情をわたしたちに見せてくれる。

「あの建物は単身者の住んだアパートです。太い柱のようなものが外側に六本ついていますが、あれはトイレ。排泄《はいせつ》したものが、そのまま海に落ちる仕掛けになっていました」

なんとまあ、究極の「ポットン便所」である。

周遊を終え、いよいよ上陸。「揺れなかったね」「楽勝でしたね」笑顔で言い交わすわたしとM嬢。

だが本当の試練はここからだった。軍艦島の桟橋は普通の島と違い浮橋のよう。しかも湾内ではなく外洋にあるので、接岸したはいいものの船は揺れに揺れてい

る。とてもじゃないが立っていられない。両手を空け、手すりや天井に摑まりながら、腰を屈《かが》め一歩ずつゆっくりと歩いてゆく。ようやく地面に辿りついたときは心底ほっとした。

全員上陸したのち、第一から第三まで三つの広場を繋《つな》ぐ見学コースに出発。コースは島の南西部、総合事務所や仕上工場といった採炭関連施設を巡るようなかたちで設定されている。広場ごとに立ち止まり、ガイドさんが詳しい説明をしてくれる。

「この煉瓦作りの建物が事務所です。中には炭鉱マンのための大きな共同浴場がありました。お湯は海水を沸かしたもの。全身炭で真っ黒になった炭鉱夫たちが入るので、お湯もいつも真っ黒でした。それでも過酷な採炭作業を終えたあとのお風呂は天国のようだったと言います」

軍艦島の炭鉱は海面下約一キロに及ぶ海底炭鉱だ。幾すじも枝分かれした坑道は、まるで人体を走る血管のようにすみずみまで延びている。勾配はきつく、ランプ以外の光はない。気温三十度、湿度は九十五パーセントを超えるという悪条件のなか、一日八時間、三交代制で石炭は掘り進められていったのだ。

採炭の苦労に思いを馳せながら、風化の進む建物群を見て回る。

第三広場からは大正五（一九一六）年に建てられた日本最古の鉄筋コンクリートの高層アパート「30号棟アパート」が目の前に見える。黒く変色し、台風の直撃によって壁や階段が崩落しているアパート。かつてはここに大勢の家族が暮らし、日々の生活を営んでいたのだ。「台風慣れ」した住民は屋上から高波見物に興じることもあったという。

「軍艦島での暮らしは決して楽なものではなく、また採炭作業は常に危険と隣り合わせでした。でもだからこそ住民同士の絆《きずな》は強く、深かったのです。閉山後、島を離れてもその絆が弱まることはなく、現在でも旧島民による『同窓会』が開かれています」ガイドさんのことばを胸に刻みつつ、来た道を引き返し、船へと戻った。

市内に戻り、お昼は長崎の生んだB級グルメ「トルコライス」をいただく。思案橋の近くにある老舗喫茶店「ツル茶ん」。レトロな内装で昭和な雰囲気のお店だ。ちなみにトルコライスとは一枚のお皿の上にピラフ、ナポリタンスパゲティ、そしてデミグラスソースのかかったトンカツの載ったボリューミーかつハイカロリーな食べものだ。名称の由来には諸説あるがトルコとは関係ないらしい。「ツル茶ん」には「真正トルコライス」から「Ｒｙｏｍａトルコ」まで実に十種類ものヴァリエーションがあり、悩んだすえわたしは「トルコ三四郎」をチョイス。これは牛フィレ和風ステーキにピラフ、和風クリームスパゲティを合わせた和洋融合トルコ。お肉が柔らかく、あさりの入ったクリームスパが優しいお味だった。

食後はアイランド・ホッパー名物「M嬢のご当地ソフトクリーム食べ歩き」へ。グラバー坂に並ぶお土産屋さんでM嬢は「ざぼんソフト」、そしてYさんは「カステラソフト」を食す。以下お二人の実食レポート。

M嬢「さわやかで優しい柑橘《かんきつ》系の香りと味が広がるが、かなり甘いです」

Yさん「カステラの包みを開けたときにふわっと香るあの匂いが楽しめる。ザラメが敷いてあればなお良し」

ご当地ソフト、奥が深い……

ホテルで少し休んでから夕食へ。これもYさんおすすめの、大工町《だいくまち》にある居酒屋「梅家」を訪ねる。こちらでは美味しい「鯨ベーコン」と「さえずり（鯨の舌）」がいただける。

とくにさえずりは口に入れると脂がすうっと溶け、噛むと肉の旨みがじんわり広がって絶品。赤身とも霜降りとも違う複雑な味わいで、わざわざこのさえずりを食べに東京から来るひともいるらしい。

「本日のおすすめ」にあった「大村《おおむら》産ナマコ酢」も長崎ならではの珍味。こりこりした歯ごたえで、お酒のアテにぴったりだ。隣に座っていた常連らしきお客さんによると「ナマコは冬の味だね。十一月からしか獲れないんだ。とくにここのナマコは天然ものだから身が締まってて美味しいんだよ」とのことであった。


あっという間に最終日。今日は軍艦島のお隣、高島へ渡る。高島は軍艦島と違い、もとからひとが住む有人島だ。十八世紀初めに採炭が始まり石炭の島として活況を呈していたが、昭和六十一（一九八六）年に閉山。その後は仕事を求めて島を出る人が多くなり、最盛期には約三千人いた人口がいまでは三百人にまで減ってしまった、いわば「もうひとつの軍艦島」である。

Yさんは閉山直後のこの島で文化人類学的なフィールドワークを行っており、閉山後の人びとの暮らしをその目で見、記録した貴重な体験を持つ。

長崎港から定期便で三十五分、到着した高島はあいにくの小雨模様。長崎市内のような活気はなく、かといって軍艦島のような「究極の廃墟《はいきょ》」の潔さもない。主要な産業がなくなったいまもひとが暮らしつづけ生活を維持している、そんな

「吹っ切れないもの淋しさ」を感じさせる。

港から徒歩三分の石炭資料館を見学し、三軒ほど店が並ぶ市場を歩いてしまうとほかに回るべき場所はほとんどない。夏場なら海水浴場で遊んだり、「たかしま農園」で特産の「たかしまフルーティートマト」を購入できるのだが、十二月の高島には観光客らしき人影は見当たらず、出歩く島のひともほとんど見かけなかった。ほぼ無人状態のアパート群を見ながらYさんが話してくれる。

「閉山後、島を出たけれども結局戻ってきたというひとも多かったんです。石炭を掘る以外の仕事をしたことがなく、ほかにやれることがないとか、島の生活しか知らないので東京や大阪に出てもうまく馴染《なじ》めないとか。でもそれはそのひとたちだけの責任ではなく、会社の運営にも問題があったんです。というのも『良質な石炭が出るからほかが閉山しても高島だけはだいじょうぶ』と言って、よその炭鉱からひとを集めた経緯があって。島民にしても『まさか高島まで閉山するとは』って思いがありました」

長崎の炭鉱が次つぎ閉山していくなか、高島はきっと最後の「希望の地」だったに違いない。Yさんの話はつづく。

「残された島民のお婆《ばあ》さんに『こんなことになって会社を恨んでませんか』って

尋ねたことがあります。でもお婆さんは『しょんなか』って。『会社には良くしてもらったけん、しょんなかよ』って」

Yさんの話を聞き、あらためて島を眺める。

過疎化や高齢化は高島だけの問題ではない。わたしが子ども時代を過ごしたいわゆるニュータウンでもいまや過疎化が進み、商店街は消え、小学校は公共施設へ、さらには廃校へと追いつめられている。

それでも高島がそういった「過疎の町」とどこか違う気がするのは、きっとかつて採炭事業という栄光の時代があったからではないだろうか。石炭が最大のエネルギー源だった時代、確かに高島は日本のいわば中心にあったのだ。採炭に関わる人びとは「じぶんたちがこの国を支えている」という誇りに満ちていたに違いない。光の時代があったからこそ、いまの影がより濃いものに映る。

そしてそれは、完全な無人島になり、その特異さからかえって脚光を浴びるようになった軍艦島と皮肉にも好対照となり――観光地にもなり切れず、かといって生活の基盤となる産業も確立できないまま、もがくように生きる高島の「いま」と繋がっているのではないだろうか。

そんなことを考えながら港に戻り、ターミナル内にある「小林食堂」へ入る。

「懐かしい。二十五年前、フィールドワークで通っていたころ毎日のようにこの食堂でご飯、食べてました」Yさんの顔が輝く。

わたしとM嬢は「五島《ごとう》うどん」を、Yさんはカレーライスをお願いする。カレーを口に運んだYさんが「うん、代替わりして美味しくなってる」さらに顔を輝かせる。

お店のひとと話し込むYさんを見ながら思う。

かつての「栄光」がこの島に戻ってくることはもうないかもしれない。けれど島を捨てず、その地で生きていくことを選んだひとがいる限り、きっと高島には違うかたちの未来が待っている。そしてその「未来」は、どこかでまたいまの日本と、そしていまを生きるわたしたちと繋がっていくはずなのだ、と。

5島目

座間味島

2017年2月12日〜2月14日

今回の旅は企画段階から、なんというか一種の「あやうさ」を秘めていた。

五回目となるアイランド・ホッパーは三月初旬に旅する予定で「ならば」とわたしは思ったのである。「ぜひ座間味島《ざまみじま》でホエールウォッチングがしたい」と。担当編集者M嬢に希望を伝えると「いいですね、いいですね」快諾してくれた。さっそくふたりの予定を擦り合わせる。

だが三月は互いに仕事が詰まっており、二泊三日といえどなかなか都合のよい日が見つからない。なんどかメールで打ち合わせを重ねたあげくM嬢からこんな提案を受けた。「いっそ四月にずらしませんか」

四月ならば余裕がある。OKの返事を出そうとしてふと嫌な予感にとらわれ、ホエールウォッチングツアーのホームページを確認する。予感的中。すぐにわたしはM嬢に返信をした。「クジラは四月にはいないみたいよ」――わたしたちはあやうくクジラのいない海をウォッチングするところだったのだ。

結局予定を早め、二月半ばに沖縄へ飛ぶことになった。冬の海は荒れやすく、沖縄本島と座間味を結ぶ船便も欠航が多いと聞き、泊まりは那覇《なは》、日帰りで座間味島を訪れるという堅実なプランを立てた。かんじんのウォッチングも座間味で見られなかったときの「保険」として、那覇市内の三重城《みえぐすく》港から出港する別のツアーも入れることにする。

完璧だ。完璧な計画だ。旅程を眺めながらわたしは満足感に浸る。だがなぜかいちばん最初に感じた「あやうさ」は消え去ってはくれないのだった。

二月の那覇の気温は十七度。風は少々冷たいが陽射しは初夏のように強く暖かく、厳寒の東京で固くしこったからだが緩やかにほぐされてゆくこころもちがする。ホテルに荷物を置いて、まずは那覇最大の見どころ、首里城《しゅりじょう》を目指す。

守礼門《しゅれいもん》をくぐり抜け坂道を上ることとしばし、濃い青空の下、深紅の首里城がすがたをあらわす。城といっても本土のそれとは違い、首里城は宮殿に近い。赤と金で豪奢《ごうしゃ》に彩られた正殿は、かつて四百五十年の永きにわたり琉球《りゅうきゅう》王が政務や儀式を執り行った場所である。国王の椅子の両脇には一対の金の竜。中国との関係が深かった琉球王朝らしく、調度品や掲げられた扁額《へんがく》には中国文化の影響が色濃くにじんでいる。

湿度の高い土地柄のためか城の内部は開放的で、開け放った窓から気持ちのよい風が吹きこんでくる。琉球畳の敷き詰められた奥書院はいかにも居心地がよさそうで、昼寝に最適の場所に思えた。

首里城をぐるり一周したあとは、庶民の生活の場である牧志《まきし》公設市場へ向かう。国際通りに隣接するこの市場では本体の建物を取り囲むように、約二百もの商店が軒を並べている。服飾品を売る店や琉球菓子をあつかう店、宝飾品店や八百屋、魚屋など業種ごとに固まって形成された路地は、いつの間にか違う路地に繋がり、さながら迷宮のようだ。その「ごった煮かげん」は東南アジアの市場を彷《ほう》彿《ふつ》とさせ、冷やかしで歩いているだけでもこころが浮き立ってくる。

中心の公設市場は二階建て。一階では鮮魚や食肉がおもに商われ、二階はフードコートのような食堂街となっている。なかの一軒、サーターアンダギー専門店の「歩《あゆみ》」は、かの林真理子《はやしまりこ》さんが熱愛するお店だそうで、わたしも以前週刊誌で「いかにこのお店のサーターアンダギーが美味しいか」、氏が力説するエッセイを読んだ記憶がある。

「それはぜひとも食べなくてはです！」勢い込んで店に駆け込むM嬢。だがすぐにしおしおと戻って来て「まだ四時過ぎだというのにすでに完売でした……」残念そうに首を振る。

「だいじょうぶ、まだ明日も明後日《あさって》もチャンスはあるじゃない」落ち込むM嬢を励ますわたし。

「そうですね。明日再チャレンジします」ちから強く再戦を誓うM嬢であった。

早めの夕食を取ろうということになり、市場を出て国際通りに戻る。通り沿いに歩くうち、名産の黒糖を使った「黒糖ソフトクリーム」を発見。「M嬢のご当地ソフトクリーム食べ歩き」の出番である。

「黒糖のパウダーが表面と中面と二層にかかっており、優しい風味が口の中に広がって美味。ただ、黒糖がソフトクリームに練りこんであるのかなと思っていたので、ほんの少し物足りなさを感じました」そうである。

夕飯はぜひとも沖縄料理をと思っていたのだが「月イチで沖縄に出張する同僚から聞いた名店」（M嬢談）が惜しくも定休日ということで、今宵は焼き肉で精をつけようということに。

入ったお店はモノレールの県庁前駅から徒歩五分、黒毛沖縄和牛専門店「Ｒｏｉｎｓ」。オリオンビールで乾杯したあと、まずはキムチ盛り合わせにナムル。

つづいて厚切りタン塩、カルビとハラミの盛り合わせを頼む。脂が適度に乗った肉は、ひとくち嚙むと、ほろほろ、口のなかでとろけてゆく。「美味しいけど沖縄っぽくはないねぇ」カルビを頰張りながら言うわたしにM嬢は「明日のお昼はぜひとも沖縄そばを食べましょう」決然と告げるのだった。

翌日は快晴。泊埠頭《とまりふとう》から九時に出航する高速船「クイーンざまみ」に乗船して、慶良間《けらま》諸島の西に位置する座間味島を目指す。船は心配していたほどの揺れもなく、快適に進む。約五十分で座間味港に到着。村営のホエールウォッチングツアーは同じ港から出発するのだが、海に向かう前にまずは待合室にて十五分ほど簡単なレクチャーを受ける。

我われがこれから見に行くのはザトウクジラであること、「ザトウ」とは座頭＝盲人の意であり、潜るとき丸める背中が、座頭である琵琶法師のすがたに似ていることからその名がついたこと、乱獲のためかずっとこの海域では見つからなくなっていたが昭和五十七（一九八二）年に二頭が確認され、以来増えつづけていることなどを教えてもらった。ちなみに大人クジラの体長は十五メートル、子クジラでも五メートルはあるという。

ライフジャケットを着け、いざ乗船。船は釣り船サイズ、両側の舷《げん》に出れば直接クジラを見ることができる。大きな揺れもなく二十分ほどでポイントに到着。「ブロウ（鼻息）が目印です」スタッフに言われ、ひたすら紺碧の海面を見つめる。

と、「いました。右前方です」声がかかり、あわてて左舷から右舷に移動。すると目のまえ十メートルほどの近さで霧状のブロウが上がり、ついで海面を割るように巨大な黒い物体があらわれた。クジラだ！　初めて見るその大きさ、うねるような泳ぎに目が釘《くぎ》づけになる。

「大きなブロウは母クジラで、小さいほうは子クジラです。母クジラは北極海でたらふく餌を食べたあと南下し、座間味の海で出産、子育てをします。このあたりは水深がそれほど深くないので、まだ泳ぎが達者でない子クジラを『教育』するのにもってこいなんです」スタッフが説明してくれる。

その間も母子は潮を吹きながらゆったりと船の周りを泳いでいる。二〜三分呼吸をつづけると、そのあと十分は海中に潜っていられるという。クジラが潜っている間、スタッフがいろいろと面白い話をしてくれる。

「母クジラは毎日ドラム缶一本分もの母乳を子クジラに与えます。授乳中はなにも食べないので、北極海に戻る前には母クジラは来たときの半分の大きさになってしまうんです」

なにも食べずに授乳……授乳中はただでさえお腹が空くだろうに、と思わず母クジラに同情してしまう。

そのあとも何回か母子は船の周りにあらわれてくれた。

「ブロウに虹がかかることがあるんですが、その虹を見たひとは幸運に恵まれると言いますよ」スタッフのことばでブロウに目を凝らすわたし。だが残念ながら虹を見ることはできなかった。

小一時間ほどそうやってクジラたちは泳いでいただろうか。やがてブロウが見えなくなり、どうやら遠くへ行ってしまったとわかる。

するとスタッフが「せっかくだからクジラの歌を聞いてみませんか」と海中に集音マイクを垂らしてくれた。エンジン音や雑音が響くなか、耳を澄ませていると——聴こえる！　クジラの歌う声が聴こえてくる。

低い声だ。オーボエに似ている。「ホウホウホゥウ」繰り返される旋律。確かにこれは鳴き声ではなく歌——ソングである。

「ソングを歌うのはオスだけで、面白いことに流行もあります。『ホウホウ』が

流行《はや》る年もあれば『ホオーウホオーウ』一色になる年も。たぶんソングの上手いクジラがいて、それを聞いた別のオスが真似《まね》をし、地球をぐるっと回るようにして伝わっていくのでしょうね」

なんと流行りすたりまであるとは。クジラの賢さにいまさらながら驚く。

二時間ほどのツアーを終え、大満足してふたたび座間味港へ。ちょうどお昼時、お腹もほどよく空いている。

事前に調べておいた島の食堂「まるみ屋」へ、集落をてくてく歩いて向かう。ここは沖縄そばからラフテー、ゴーヤチャンプルといった郷土料理が食べられるというレストランだ。ランチは十四時半まで。余裕、よゆう。

からり、お店のドアを開けると、駆け寄ってきた店員さんが「ごめんねー今日は事情があって十三時までの営業なのよー」

あわてて腕時計を見る。十二時五十分。

「まだ入れますよね⁉」血相を変え迫るわたし。店員さんは頷くと「だいじょぶさぁ。でも、できるのは『高菜ゴハン』だけだけど、それでもいいかね」と告げる。高菜ゴハン。美味しそうだけど沖縄っぽくない。

「どうします中澤さん」

「入りましょう。お昼抜きは嫌だあ」即決し、入店。あやうく昼食難民になるところだった（じっさい次に来た客は断られていた）。

高菜ゴハンは大盛りライスの上に鶏のそぼろと炒《い》り卵、そしてピリ辛の高菜がたっぷり載り、さらには白身魚のフライのついたボリューミーでほっとする美味しいご飯だったけれど、頭も胃袋も「沖縄そば受け入れ態勢」になっていたわたしにはなんとも残念なできごとであった。

昼食のあとは帰りの船が来るまでのんびり島を散策。

せっかく座間味まで来たのだもの、綺麗な海が見たいよねと、港の西側にある阿真《あま》ビーチへ。

遠浅のビーチはほぼ無人。白く輝く砂浜の向こうに緑がかった薄青の海が広がっている。光のぐあい、水深によってその青がさまざまに変化する。波の音が優しい。いつまで見ていても見飽きることのない風景だ。

堤防に腰かけ、南国の陽射しと風を楽しむ。ああなんて幸せな時間。締切り地獄をいっとき忘れ、こころの底からのんびり。だがそこに大きな「落とし穴」があることに、翌朝わたしは気づくことになる。

五時過ぎ、泊港に帰港。その足で「歩」に向かう。だがしかし。店頭には「本日売り切れ」の看板が。

「二日続けて振られました……」うなだれるM嬢。明日は午前中のツアーを終えたら真っ先に買いに来ようと言い合い、公設市場をあとにする。

今夜こそ沖縄料理を食べるのだ。それも集英社文庫編集部イチ押しの店で。

昨日から立て続けに振られている我われは鼻息も荒く店を目指す。到着したのは五時五十五分。開店が六時だからベストなタイミングだ。

だがしかし。店のシャッターは固く閉ざされ、開店直前というのにひとの気配はまるきり伝わってこない。おかしい。思わず立ちすくむわたしとM嬢。

「……まさか今日も休みなんじゃ」

「そんなはずは。だって定休日は昨日でしたもん」

「じゃ、じゃあいわゆる『うちなんちゅ時間』で遅れてるだけかな」

「きっとそうです。待ちましょう」M嬢になだめられ、とりあえず店の前で開店を待つ。

けれども定刻の六時を過ぎてもまったく開くようすがない。M嬢がかけた電話にも誰も出ないという。理由はわからないが、どうやら今日も休みらしい。仕方がない。ガイドブックに掲載されている別の店へと移動を開始する。

「そこも定休日ってことはないよね」恐るおそる尋ねるわたしに、ガイドブックを睨《にら》んだM嬢が「大丈夫です。休みは年末年始だけって書いてありますから」太鼓判を押す。ほっとして向かった店の入り口は——入り口は、これまたシャッターで閉め切られ「本日、代休日」と書かれた黄色い紙がぺらり、風になびいていた。

「……年末年始しか休まないんじゃなかったっけ」ぼう然と問うわたしに、これまたぼう然と「年末年始の代休、ですかね……」M嬢がこたえる。

もはや情報、あてにすまじ。とにかく沖縄料理を食すことが大事と、目についた居酒屋に飛び込んだ。

「あやうく沖縄料理難民になるところでしたね」席に着き、ほっとしたようにつぶやくM嬢。わたしは深く頷く。どうやら予感通り、今回の旅はつねに「あやうさ」と隣り合わせの運命らしい。

注文したのは、島らっきょの浅漬けに海ぶどう（海藻の一種）、三枚肉を甘辛く煮つけたラフテー、青パパイヤイリチー（炒《いた》めもの）、そして麩《ふ》を使ったフーチャンプルの五品。飲みものはオリオンビール、のち泡盛。

ラフテーは五香粉がかすかに香り、豚のくさみを上手に消している。むっちりした食感はお酒にもご飯にもぴったりだ。青パパイヤイリチーは形状、歯ごたえともに大根を思わせ、これまた沖縄名物のスパムがたっぷり入っているのが嬉しい。

「明日はホエールウォッチング、さらにオプションでパラセイリングもつけましたから」泡盛を、がぶりと飲み干してM嬢が言う。

「海上、そして空中からホエールウォッチングだね」わたしも杯を傾ける。

一日歩き回って渇いた喉を、泡盛がここちよく潤してくれる。どこからか聞こえてくる三線《さんしん》の音。南国の夜は更けてゆく。

翌朝、ひどい倦怠感《けんたいかん》とともにわたしは目を覚ました。二日酔い？　でもそんなに深酒した覚えはないし。

ふらふらしつつバスルームに入り、鏡を見たわたしは驚愕《きょうがく》した。顔が赤い。真《ま》っ赤《か》っかだ。酒焼け？　いや違うこれは日焼けだ。昨日無防備にもすっぴんで、しかもなんの紫外線対策もせずに行動したせいで、顔じゅうひどい日焼けをしてしまったのだ。

だが乗らねばならぬ。飛ばねばならぬ。よたよたとロビーに下りると待っていたM嬢が悲鳴のような声を上げた。

「中澤さんッ、すごい顔ですよ！　まだ酔ってますか、もしかして」

「いえこれは日焼けで」ごにょごにょと誤魔化《ごまか》すわたし。じっさい二日酔いも混じっている。

「船、乗れますか」心配そうなM嬢に「乗れますとも。さあ行きましょう」とこたえ、三重城港に向かう。

今日のツアーは那覇発着ということもあって、昨日よりも大規模だ。乗客はぜんぶで六十人ほど。ざっと見たところ外国人観光客七割、といったところか。やはり釣り船サイズの船三隻に分乗し、クジラの待つ海へ出発。

相変わらず気分は優れなかったが、まあ大丈夫だろうとこのときわたしは思っていた。昨日のツアーでもたいして揺れなかったし、今日は昨日より波穏やかだというし。

だが甘かった。

昨日座間味島で見たのは母子クジラ。子クジラが溺れないよう水深浅く、波も穏やかな海域で、言ってみれば児童公園のような場所だった。けれど今日ウォッチングするのは大人のクジラたちである。彼らが潜れるだけの水深の深いところ、つまり外洋まで出ねばならぬ。児童公園と週末深夜の渋谷《しぶや》センター街くらいの違いがあるのだ。

荒れに荒れる海。揺れに揺れる船。

最初のうち、はしゃいでいた外国人観光客もだんだん静かになり、さらにはあちこちで「うえっ」「おえっ」という声が上がり始める。

見てはいけない。見たらつられてわたしも戻してしまう。冬の大波を受け、船はときに四十五度ほども傾く。滑る荷物、乗客の悲鳴。手すりに摑まっていないと海に落っこちてしまいそうだ。もはやM嬢の居場所もわからない。

探そうと思って周囲を見回すが、船酔いにのたうち回る乗客ばかりが目に入る。「感染」の危険を感じたわたしは、ふたたびきつく目を閉じた。そうしてひたすら揺れに耐えること二十分、ようやくクジラ二頭が船の横にあらわれてくれた。

大人のクジラだけあって、さすがにブロウもからだも大きい。波間にあらわれる黒ぐろとした山のような背中。尾びれをぴんと海上に立てるフルークアップダイブや、横向きになり長い胸びれを突き上げるペックスラップなど、さまざまなしぐさをまぢかで見ることができる。

見慣れてくると、浮上するクジラを見つけられるようになる。それまで黒に近かった海面の色が、クジラが上がってくることで淡い緑に変わるのだ。その色彩の変化の美しさ。船酔いと二日酔い、ふたつの酔いに苦しみながらも陶然と見入ってしまう。

二頭のザトウクジラは互いに適度な距離を保ちつつ、ときに並走し、ときに交差しつつ自由に大海原を泳ぎまわる。降りそそぐ南国の陽射しの下、はしゃぎ、陽気に遊んでいるようにそのすがたは見える。

と、一頭の上げたブロウに虹がかかった。昨日スタッフの言っていたことばがよみがえる。「ブロウにかかる虹を見たひとは幸運に恵まれますよ」

幸運。わたしは虹に向かって手を合わせる。どうぞこの気持ち悪さをなんとかしてください。

もっとほかに祈るべきことがたくさんあるだろ、じぶんでじぶんにツッコミを入れながらも、とにかく体調の悪さをなんとかしたいわたしであった。

へろへろ状態で帰港。予定ではこのあと別の船に乗り換え、ふたたび外洋に出てパラセイリングをすることになっている。

「飛べますか、中澤さん」船酔いでこれまた青白い顔のM嬢が心配そうに尋ねる。

わたしはちからなく首を振った。キャンセルをお願いするM嬢の声を聞きながら目を瞑《つぶ》る。よかった。あやうく「撒《ま》き餌《え》空中大散布」をやらかしてしまうところだった……

その後、無事「歩」のサーターアンダギーもゲットでき、お昼は地元で人気の沖縄そばの店「楚辺《そべ》」で、柔らかい三枚肉の載った「楚辺そば」を食すことができた。弱った胃腸にあっさり塩味のそばがありがたかった。

「あやうさ」とつねに隣り合わせの旅ではあったが、クジラには二度も会えたし、幸運の虹まで見ることができた。終わりよければ、ということにしておこう。

さて今回のアイランド・ホッパー、「いつかホエールウォッチングをしてみたいという方へのアドバイス」をもって締めくくりとしたい。

酔い止めを必ず飲むこと。冬とはいえ日焼け止め対策は万全に。そしていくら美味しくても前夜に泡盛を飲みすぎない。特に最後、大事である。

6島目

田 代 島

2017年6月8日〜6月10日

六月初めの宮城県石巻市《いしのまき》。

梅雨入り前のいちばん気持ちのよい季節、石巻市の東南約十七キロに位置する田代島《たしろじま》、通称「猫の島」を探訪すべくわたしと担当編集者M嬢は東北新幹線と仙石線を乗り継いでこの町にやってきた。初日は石巻に泊まり、翌日田代島で猫と戯れる。そのあと仙台に戻り、古くからの知人に東日本大震災の話を聞く――それが今回の旅の目的である。

宿泊する「石巻グランドホテル」に荷物を置いたわたしが最初に向かったのは、市内中心部にある「つなぐ館」。震災の記憶を後世へと「つなぐ」ために設けられた小さな資料館である。聞けばこの資料館じたいが被災した建物なのだという。

あの日、津波によって石巻中心部は二・二メートルの高さまで浸水したが、幸いにもこのあたりは石やコンクリートでできた建物が多かったため、なんとか崩壊は免れたそうだ。ただ家具が流されたり、瓦礫《がれき》が入り込んだりして住みつづけることができなくなった家も多く、その一部を使ってこの「つなぐ館」が開設された。

館内には震災当日からその後に至る町の写真や、市民の証言をもとに「津波が来るまでにじぶんはどのような行動を取ったか」を再現するCGが展示されている。この「行動記録」がとても興味深い。

「津波が来る」と知らされれば、まっさきに高台に上がるのが常識だろう。だがあるひとは職場から自宅に戻り、被害の状況を確認したあと避難場所である日和《ひより》山《やま》には行かず、ふたたび職場に戻った。そこで津波に遭うが、二階に逃げ、事なきを得た。

またあるひとはいったん日和山へ逃げたものの、まだ時間があると判断し、必要な物を取りに自宅へ帰ってしまった。最後は津波と競走するように走りに走り、ようやっとの思いで山へ辿りついたという。同じような行動を取り、亡くなったかたもいると聞いた。

「……とっさの判断ってほんとうに難しいですね」M嬢がつぶやく。わたしは大きく頷く。

あとから「こうすべきだった」というのは簡単だ。けれど災害の真っ最中に

「なにが正しいか」を見極めることはとても難しい。だが今回の経験を通じて「とにかく逃げろ」という意識は、人びとのこころに深く刻み込まれたのではないだろうか。もちろんわたしのこころにも。

「つなぐ館」を辞去し、日和山へ。石巻駅から南に徒歩二十分、いちばん高いところで標高約五十六メートルというから、山というよりは丘である。それでも頂上に建つ鹿島御児《かしまみこ》神社まではかなりきつい上り坂で、日ごろ運動不足のわたしはあっという間に息があがってしまう。情けない……

神社からは旧北上川《きたかみがわ》沿いに広がる河口周辺が見渡せる。川の河口部分を繋ぐのは日和大橋。緩やかなアーチ型をしており、海面からアーチのてっぺんまで十八メートルの高さがある。

この橋を目指して、震災当日多くの車が避難してきたという。だが津波はこの橋をも呑み込んだ。津波が去ったあと、橋に残った車はわずか数台。残りはすべて押し流されてしまった。

巨大な橋を呑み込むほどの大津波——想像しようと試みる。だがなかなか実感が湧かない。それほどに今日の太平洋は凪いでいて、波頭ひとつ見当たらぬ静けさなのだった。

日和山を下り、ホテルに戻ると折よく夕飯の時刻。案内された和食レストランにはテーブルいっぱいに石巻の海の幸が並んでいた。

カレイの塩焼きはむっちりと身が詰まり、程よく乗った脂が上品な白身の甘さを引きたてている。刺身はタイとシマアジ。こりこりした食感、舌の上でとろけてゆく旨みはこれぞ地の魚ならではの味わいだ。

「もはや日本酒しかあり得ない」とふたりの意見が一致して、選んだお酒は栗原《くりはら》市一迫《いちはさま》の「金《かね》の井《い》酒造」が醸造する「綿屋」。酒好きの友人に「宮城に行くならこれを飲め」と仰せつかってきた地酒である。

追加でオーダーしたホヤ刺しにたっぷりと大根おろしをまぶし、口のなかへ。きゅっと噛むと磯の味がじんわり広がって鼻へと抜けてゆく。その味わいが消えぬうちによく冷えた「綿屋」を口に含む。爽やかなのにしっかりした飲みごたえ。舌の上で転がすと、まさに「綿」のごとくふわりとした芳香がただよう。

米と水、このふたつが揃った東北の酒は本当に美味しい。そして当然のことながらご飯もまたたとえようもなく旨い。しかも今夜はぴかぴか光る銀シャリの上に、とろとろの刻みめかぶ、そして大粒のいくらがこれでもかと載っかっている。これは箸が止まらない。止まるわけがない。

「ああっ糖質がこれでもかと攻めてくる！」

「日本酒にご飯っていちばん危険な組み合わせじゃん！」言い合いながらもご飯をかきこむわたしとM嬢だった。


翌朝九時。旧北上川の河口にほど近い船着き場から高速船で田代島へ向かう。定員二百名ほどの船内は工事関係者らしき作業着姿の男性たちと、我われのような明らかに「猫目当て」の観光客で半分ほどうまっていた。

「河口を出るまでは揺れますよ」とのアナウンス通り、ときに船はかなりの大波に乗り上げ、滑り落ちる。前回のホエールウォッチングがこれまでの「暫定一位」の揺れだとすれば、今回は間違いなく二位に入る。

「どうか二位のままでありますように」祈るわたしの横に座るM嬢の顔はすでに青白い。

「だいじょうぶ？」声をかけると、目を泳がせながら「だ、だいじょうぶです」とこたえる。

わたしは知っている。M嬢の顔色の悪さが船酔いの恐怖から来るものだけではないことを。

じつはM嬢「猫が怖い」のである。猫だけではなく犬もうさぎも、とにかく「毛の生えた生きものは全部ダメ」という筋金入りの「毛モノ怖がり」なのだ。

そんなM嬢を「日本有数の猫の島」である田代島へ連れて行く。どれだけ怯えるだろうか。どれほど怖がるだろうか。見てみたい、ぜひこの目で。今回田代島を選んだ背景には、そんなわたしの悪だくみがふんだんに混ぜ込まれてあった。ちなみにわたしはM嬢と真反対、大大大の猫好きである。

河口を出たあとは揺れることもなく船は滑らかに石巻湾を渡ってゆく。五十分ほどで田代島の仁斗田《にとだ》港に到着。島にはもうひとつ大泊《おおどまり》という港があるのだが、まだ震災からの復旧作業が終わっておらず、使用できないという。

面積三・一四平方キロメートルというこの小さな島の住民は約六十人。対して猫は百五十匹というから倍以上人間より猫が多いことになる。栈橋ではさっそく黒猫がお出迎え。スマホやデジカメを手にした観光客が走り寄っていく。

島内に足を踏み入れる。二手に分かれる道のとっつきに「↑少ない　ネコ　多い↓」という親切な看板が。なんだかラーメン屋で見かける「脂少なめ・多め」みたいで可笑《おか》しい。

まずは島のちょうど中央に位置する「猫神社」に向かおうということになり、

右「ネコ少なめ」方向に進む。少なめとはいえそこは猫の島、道の左右に民家の軒下に、模様も大きさもさまざまな猫たちが数匹ずつかたまって日向《ひなた》ぼっこをしている。

「可愛い！　おーよしよしよし」まさに猫なで声でなでるわたしを、やや離れたところから見守るＭ嬢。

「Ｍ嬢、もっとこっちにおいでよ」誘うと「いえッだいじょうぶです！　ここからでもじゅうぶん見えますッ！」声が裏返っている。猫たちもＭ嬢の発する「寄ってくんなオーラ」を感じ取ってか、一定の距離を保っている。摩訶不思議《まかふしぎ》な共存関係だ。

集落を抜けると左右に常緑樹の茂る林道に出た。緑の陰が濃い。吹いてくる風が汗ばんだからだにここちよい。

猫神社まであと半分ほどというところで視界が急に開けた。平成元（一九八九）年に閉校した石巻市立旧田代小学校である。現在は跡地に避難用へリポートが設置され、その脇、かつて校舎だった建物はこぢんまりした食堂兼土産物屋になっている。その名も「島の駅　田代島にゃんこ共和国」。食堂には牛丼中華丼に小うどん、さらには生ビールやケーキセットまで用意されていた。

「島に食堂はない」と聞き、わざわざ石巻のコンビニで食料を調達してきただけにちょっと悔しい。だが店の看板には「不定休」とあったので、昼食難民にならないためにも最低限の食べものと飲みものは用意して渡ったほうが賢明とみた。

食堂を後にし、林道へと戻る。歩くこと数分、ようやく目指す猫神社が見えてきた。石造りの鳥居の向こうに、赤い屋根、白い壁の可愛らしいお社が建っている。本殿の前には参拝者が供えたのであろう、招き猫や猫の絵が描かれた石がたくさん並べてあった。

鳥居の横には「縁起」を記した看板があり「漁業が盛んな田代島では昔から猫を『大漁を招く縁起の良い生き物』として大切にしてきた。ところがある日、漁師が砕いていた石が猫に当たり、瀕死《ひんし》の重傷を負わせるという事故が起こってしまった。こころを痛めた漁師の総監督が、猫の安全と大漁を祈願してこの神社を創建した」という由来が書かれてあった。

お参りを済ませ、来た道をぽくぽくと「↑少ない　ネコ　多い↓」看板のところまで戻る。いよいよ「ネコ多い」地帯に突入だ。M嬢の顔がますます青くなってゆく。

入り組んだ細い路地、瓦屋根の古い民家。広い庭に漁網が干してあり、間を埋めるように夏の花が咲いている。空は青く澄み、小さな島はまるで時間が止まったかのようなのどかさだ。猫でなくても木陰で昼寝をしたくなる。

「あ、ここから海が綺麗に見えますよ」旧郵便局前でM嬢が足を止める。畳二畳ほどのスペースに、観光客のためだろうか木の長椅子が設置してある。目のまえに広がるのは紺碧の石巻湾。透明度が高く、見下ろす波打ち際は底まで透き通って見える。

持参したランチをここで食べることに。がさがさとレジ袋を開け、ミックスサンドを取りだす。と、「うッ」横でM嬢の息を吞む気配が。

目を上げると、早くも食べもののにおいを嗅ぎつけた島猫たちがわらわらと集まってきている。その数ざっと五匹。きろんと丸い目玉が十個、わたしたちを見つめていた。

「わあ可愛い。あげたいけど、ここではエサやり禁止なんだよねー」言いながらサンドイッチをぱくつくわたしに「日菜子さん。この状況でよく食べられますね」異星人でも見るかのような目つきでM嬢が言う。

「だいじょうぶだよ。気を抜かなければ」

「そ、そんなこと言ったって……ひぎゃあ！」ものすごい悲鳴をM嬢が上げた。

「いつのまにか新しい猫がうしろに、音もなくうしろにッ！」

そりゃあそうだろう、元来猫は音を立てぬ動物である。

どうやら猫たちはさっさと食べ終えたわたしに見切りをつけ、まだおにぎりがひとつ残っているM嬢に狙いを定めたようだ。円形に散らばり、じりじりと包囲網を狭めてゆく。

ついにM嬢が白旗を挙げた。「無理です。これ以上食べられません」ちからなく言うと、残りのおにぎりをリュックに仕舞う。

「食べなよ。まだまだ歩くよ」促すも、「いえ、いいんです。どこか猫のいないところで食べますから」頑《かたく》なに首を振る。この島に猫のいない場所なんてあるのだろうか。疑問に思いつつもつぎの目的地「マンガアイランド」に向かう。

この施設は、ちばてつや氏、里中満智子《さとなかまちこ》氏がデザインした猫型のコテージが散在するキャンプ場である。海に向かって開けたなだらかな緑の丘には太い樹々《きぎ》が植えられ、涼し気な木陰を作りだしている。朝、同じ船で来た観光客が数人、その木陰で横になり、気持ちよさそうに寝息を立てていた。

そしてここにも猫、また猫。黒茶や黒が多い。ついで白黒、キジ柄、サバトラの順で、赤猫はほとんど見かけない。

「ここで食べたら。ほら水道もあるし」提案するも、M嬢は血走った目であたりを見回すと「とんでもありません。ここ、さっきより猫が多いじゃないですか！」と叫ぶ。可哀《かわい》そうに、嫌いなものだけによけい視界に入ってしまうのだろう。

広大な海と空、樹々の葉を揺らす初夏の風——絶好のピクニックポイントにありながらもひたすら脂汗を流すM嬢。

結局この日M嬢が残りのおにぎりを口にできたのは、桟橋近くの公衆トイレの陰だった。お疲れさまM嬢、そして楽しいひとときをありがとう田代島の猫たち。

翌日。石巻駅で恒例の「ご当地ソフトクリーム」探し。今回は「ずんだソフト」が見つかった。以下M嬢の感想。「舌で掬うと香ばしい豆の香りが口いっぱいに広がり、甘さ控えめで美味しい。欲を言えばもう少しミルク感が欲しいところ」

別の取材に向かうM嬢とここで別れたわたしは、一路、石巻から仙台へ。仙台駅で地下鉄東西線に乗り替え、終点の荒井駅を目指す。目的地は荒井駅に併設された「せんだい3・11メモリアル交流館」通称「メモ館」。ここで館長の八巻さんと落ち合い、メモ館を見学したあと、震災による大津波で壊滅的な打撃を受けた仙台沿岸部を案内してもらうことになっていた。

八巻さんとは、わたしが平成十九（二〇〇七）年に「仙台劇のまち戯曲賞」大賞をいただいて以来の長いおつきあいである。当時市民文化事業団で演劇事業に深く携わっていた八巻さんだが、メモ館の開館（平成二十八年二月）に合わせ初代館長に就任、以来メモ館の運営に勤《いそ》しんでいる。

「おお、久しぶり。よくいらっしゃいました」数年ぶりに会う八巻さんは相変わらずおおらかで温かく、ひとを惹《ひ》きつけてやまない魅力的な笑みを浮かべていた。

メモ館は三階建て。一階は交流スペース。二階は展示室と、ワークショップなどに使われるスタジオがあり、三階はイベントにも使用できるという屋上庭園となっている。

わたしが興味をひかれたのは展示室の半分を使った企画展だった。

『それから、の声がきこえる』と題された展示は、文章や写真ではなくまさに「声」、被災した仙台の人びとの声を集め、それらをさまざまなオブジェに閉じ込め、来館者に聞いて考えてもらうという非常にユニークな発想で作り上げられていた。

たとえば真っ白なキャンドルの形をしたオブジェ。中心に向けて息を吹きかけると燈火を模した電球が灯《とも》る。そのキャンドルを手に取り、耳にあてると「声」が聞こえてくる仕組みだ。

会場の隅には大きなベッドが一台。天蓋を支える柱にスピーカーが埋め込まれており、ベッドに腰かけて柱に耳をつけ「声」を聞くことができる。マットに身を預けると、天井のスピーカーから流れ降りてくる「声」が囁《ささや》くように耳に入ってきた。

「声」の内容はさまざまだ。被災当日のようすを語る声、復興にかける意気込み。「もやもや」「カチカチ」といったオノマトペ、いわゆる擬音語が響くブースもあった。

記録に残しにくい「生の声」を集め、それらを来館者がじぶんの耳で聞く。長く演劇に携わってきた八巻さんはじめメモ館スタッフならではの企画だと感じた。

午後、メモ館を車で出発し、東部沿岸地域に向かう。ドライバーは八巻さん。目指すのは海岸沿いの荒浜《あらはま》地区。かつて約八百世帯、二千二百人の人びとが暮らす集落があったところだ。

だがあの日襲って来た大津波は集落を根こそぎ流し去り、百八十六名もの尊い命を奪っていった。

いま荒浜に残るのは仙台市立旧荒浜小学校のみ。現在、地区全体が災害危険区域に指定され、新たに居住することが禁じられている。そのなかにあって旧荒浜小学校だけが「震災遺構」として保存整備され、「あの日」の、そしてそれ以前と以降の荒浜のようすを伝えるよすがとなっている。

昨日とは打って変わって冷たい雨の降る中、荒浜小に詰める仙台市嘱託職員の髙山さんが校内を案内してくれた。

「荒浜小はちょうど海岸に対して直角に建っています。なので側面で津波を受けました。二階のベランダに波がぶつかった跡が残っています」

説明を受けて見上げると、確かにコンクリート製のベランダが跡かたもなく破壊されている。ぶ厚いコンクリートをぶち抜いて、波は校舎に侵入したのだ。

「当時、児童、教員それに避難してきた地域のひと合わせて三百二十人がこの小学校に避難していました。校長先生の判断で、ほぼ全員が四階もしくは屋上まで上がっていた。ただ車椅子のかた何名かが間に合わず二階の教室に残りました。幸いドアを閉めていたおかげで津波は教室までは入って来ず、皆さん助かることができました」

説明を聞きながら校舎に入る。一階にあるのは保健室や一、二年生の教室。かつては子どもたちの歓声が響き、描いた絵や書道作品で賑《にぎ》やかであったろう校舎はいま、天井が剝がれ、床は土台のコンクリートがむき出しという荒れ果てた姿に変わっている。髙山さんが当時の写真を示してみせる。

「一階には瓦礫とともに車が流れ込みました。ひしゃげた車が廊下の奥に垂直に押し込まれているのを見たときは『信じられない思いだった』と聞いています」

車を縦に押し込むちから。津波の凄《すご》さは何度も聞かされていたけれど、実際現場に立つとその途方もない破壊力にただただ圧倒され、ことばを失ってしまう。階段を上がる。やはり津波が到達した二階は、一階ほどではないにしてもひどい損傷を受けていた。

そして三階。このフロアは荒浜の歴史や小学校の思い出、そしてあの日に起きたことを分刻みで伝える資料室として公開されている。

わたしの目を引いたのは、津波到達時刻である三時五十五分で針が止まったままの体育館の大時計。砂塵《さじん》にまみれ、もう二度と動くことのない大時計が静かに、けれどもどこまでも深く見る者のこころを打つ。

未公開の四階を通り過ぎ、屋上へと向かう。あの日、雪の舞うなか大勢のひとが救助を待った場所だ。

「ヘリコプターでの救助は一回につきひとりずつ。まず子ども、それから高齢者と女性という順番です。けれども一回飛び立ってしまうとなかなか次のヘリが来ない。子どもたちは毛布に包《くる》まり、屋上へつづくこの階段で夜の間じゅうずっとじぶんの番を待ちました」

家族と離れ、余震や津波に怯えながら待つ子どもたち。どんなに怖かっただろう、不安だったろう。それでもみな、先生や地域のひとに励まされ、静かに待ちつづけたという。

屋上からは、ぐるり、四方が見渡せた。なにもない、ただ雑草の生い茂る広い土地。

けれどもかつてここは町だったのだ。家々がすき間なく建ち並ぶ、古い農漁村だったのだ。フェンス越しにかつての町を見下ろしながら高山さんが静かに言う。

「荒浜になにもなくなっても故郷を懐かしんで訪れるひとは多い。ぼくはこの荒浜小という震災遺構が、そういった方々に寄り添える場所になれればいいなと思っているんです」

その思いがたくさんのひとに届きますように。そう祈りつつ荒浜小を辞去した。

最後に八巻さんが案内してくれたのは荒浜の海岸だった。震災前はびっしり茂る広大な松林があり、海と集落をしっかり分けていたという。だがその松もいまやまばらに残るだけだ。

堤防を越え、浜に下り立つ。寄せ返す波のほか、なんの音もしない。曇天のした黒く光る海は、ただひたすら穏やかにたゆたっている。

けれどもあの日、大津波はここからやって来た。「来た」だけではない、いつか必ずまた津波は「来る」のだ。津波を震災を過去のものとして片付けてはならない。すべては未来に繋がっている。

車に戻る途中、雑草のなかにかたまって咲く黄色い花をたくさん見かけた。八巻さんがぽつりと言う。

「なにもなかった荒浜に最初に生えたのがこの花なんです。以来ぼくのなかで黄色は希望の色、未来の色になりました」

希望の色、未来の花。この光景を忘れずにいようと思った。こころのなかで生涯咲かせつづけようと、思った。

7島目

天　草

2017年９月10日〜９月12日

天草《あまくさ》と聞いて、皆さんはどんなイメージを持たれるだろうか。

わたしの場合は天草四郎《あまくさしろう》の乱、隠れキリシタン、そして踏絵という歴史の教科書的三点セットがまず思い浮かぶ。

ついで遠藤周作《えんどうしゅうさく》の名著『沈黙』と、そこに描かれる棄教のための過酷な拷問「熱湯責め」や「穴吊り《あなつ》」、それでも棄教しない者への苛烈極まる処刑方法＝蓑踊《みのおど》り（藁《わら》にくるんで焼身させる）や磔刑《たっけい》のようすが次つぎと脳裏をよぎる。

うう、痛そう。辛《つら》そう。苦しそう。小心者のわたしだったら拷問の「ご」の字を聞いただけで「踏みますとも。もう何回でも踏んじゃいますよ」と五秒で転んでしまうだろう。

とにかく天草のイメージはそんな「痛そうな島」であり、同時に重すぎる歴史を背負った「なんか暗そうな島」であった。

だがこれはあくまでも個人的なイメージ。実際の天草はどんなところなのだろうか。弾圧や隠れキリシタンの実態は、そして過酷な歴史以外の天草の「顔」とはいったい――

幸運にも友人の紹介で、特産品を商いながら天草の歴史を研究する青木賢治さんと、その従兄弟《いとこ》であり、隠れキリシタンの里・大江《おおえ》で代々大庄屋を継いできた八代目（！）松浦四郎さんという、これ以上ない強力な助っ人《すけっと》と知り合うことができたわたしは、担当編集者のＭ嬢とともに天草の謎に迫るべく、九月中旬、羽田から空路、天草へと向かったのだった。

まずは中継地点である熊本空港へ。ここで天草エアラインに乗り継ぎ、天草へと向かう。

この天草エアライン、なんと所有する航空機は一機だけ。親子イルカを模したプロペラ機「みぞか号」（天草弁で「可愛い」の意）が、たった一頭、いや一機で、熊本へ福岡へそして大阪へと休む間もなく飛んでいるのである。健気《けなげ》だ。頑張れみぞか号！　こころからのエールを贈る。

二十分間のフライトで天草空港に到着。わたしの人生で最も短い飛行時間だ。空港を出たとたん、強い陽射しに目が眩《くら》む。

「南に来たって感じだねぇ」わたしのことばに「やっぱり東京より暑いですね」

M嬢が頷く。

天草は上島《かみしま》と下島《しもしま》の二島でおもに形成されている。

今回訪れたのはキリシタン遺構の多い下島。有明海《ありあけかい》に浮かぶ島は、熊本とはいえ阿蘇《あそ》や熊本城とはずいぶん離れており、どちらかというと長崎に近い。じっさい明治四（一八七一）年までは長崎府に属していたそうだ。ちょうど九州を約百分の一に縮めたようなかたちで、その西海岸にある富岡《とみおか》、大江、﨑津《さきつ》地区に隠れキリシタンの文化がいまも息づいている。

まずは歴史を学ぼうと向かった先は「天草キリシタン館」。市役所近くの高台に建つこの資料館には、永禄《えいろく》九（一五六六）年にキリスト教が伝来してからの南蛮文化や、天草・島原《しまばら》の乱、その後の隠れキリシタンの遺物などが豊富に展示、紹介されている。

館のハイライトはなんといっても天草・島原の乱。

時に寛永《かんえい》十四（一六三七）年十月二十五日、島原の有馬《ありま》村で重い年貢とキリスト教弾圧に対する不満がついに爆発。農民たちは十六歳の少年・天草四郎を総大将として決起し、海を越え、島原半島から天草上島へと進軍を始める。道々勢力を増やしながら幕府軍と戦い、下島へと進むが、西海岸北端の富岡城の攻略に失敗し、ふたたび島原へ。海に面した原城《はらじょう》に、女性や子どもを含む三万七千人もの人びとが三か月にわたって籠城し幕府軍と戦うも、寛永十五（一六三八）年二月二十八日総攻撃を受け、全員が討ち死にするという悲劇的な結末を迎えてしまう。

乱後、事態を重く見た幕府は弾圧を強め、生き残ったキリスト教徒たちは密《ひそ》かに信仰をつづけることとなる。隠れ（正式には潜伏）キリシタンの始まりである。過酷な弾圧のなか、彼ら隠れキリシタンたちは、さまざまな工夫を凝らして信仰を後世へと伝えてゆく。

例えば「マリア観音像」。一見子どもを抱いたごくふつうの観音像なのだが、信徒たちは幼子をイエス、そして観音を聖母マリアになぞらえ、日々祈りを捧《ささ》げた。

他にも仏像を台座から外すと十字架があらわれる「隠し十字仏」や、十字を刻んだ天秤棒《てんびんぼう》など知恵を絞って作り上げた祈りの道具が多数展示されている。

なかでもわたしが驚いたのが「経消しの壺《つぼ》」である。高さ三十センチほどのなんの変哲もない茶色い壺なのだが、じつはこの壺、信徒の葬式のときに重要な役目を果たす。

信徒が亡くなると、当然仏式の葬式をあげなくてはならない。だが「仏教では天国に行けない」と信じる隠れキリシタンたちは、僧侶がお経を唱えるさい、隠れ部屋に水方《みずかた》（司祭）を潜ませ、呪文を唱えながらお経をこの壺に封じ込めてもらった。壺のなかには聖水が満たされ、なかにはロザリオが吊るしてあったという。そうして死者が天国へ行けるよう、祈りを捧げたというのである。なんという知恵と執念であろうか。

人びとの揺るぎなき信仰心に圧倒されつつ「天草キリシタン館」をあとにする。明日からの大江、﨑津訪問にますます期待が高まるひとときであった。

ホテルに荷物を置き、ひと休みしてから館内のレストランへ。これまた楽しみにしていた「天草ごはん」の時間である。テーブルにぎっしり並ぶ天草の海の幸、山の幸。

お造りは鯛《たい》にかんぱち、きびなご、そして蛸《たこ》。天草特産の蛸は肉厚で、噛むとしっかりとした歯ごたえを残しつつ磯の香りがじんわり口のなかに広がってゆく。活《い》き鮑《あわび》とサザエは網焼きで。半生に焼けたところを白トリュフバターと天然塩をちょいとつけていただく。炙《あぶ》った鱧《はも》は鍋仕立てに。ほどよく脂が抜けて上品な甘さだ。

肉は地場の天草梅肉ポーク。こくのあるトマトソースで煮た塊肉は、箸を入れたとたんに、ほろりとほどける柔らかさ。とろろ汁に鯖河豚《さばふぐ》の味噌汁、ご飯に香の物、デザートの柚子《ゆず》の葛饅頭《くずまんじゆう》まですべてたいらげ大満足。天草がいかに豊かな島であるか、舌で堪能した夜であった。

翌朝は小雨のまじる曇天。ホテルのロビーで今回の旅の助っ人である青木さん、松浦さんと落ち合い「はじめまして」のご挨拶。

青木さんはわたしと同年代の、明るくて気さくなかた。従兄弟である松浦さんはかなり年上で、さすが大庄屋の八代目、思わず「へへーっ」と平伏してしまうような貫禄《かんろく》と落ち着きを持った男性だ。とはいえチャーミングな笑顔や時おり放つジョークが温かい人柄をしのばせる。

松浦家では当主を引き継ぐと同時に「四郎」を襲名するそうで、つまり松浦さんは「八代目松浦四郎」ということになる。ちなみに襲名するまえは実名を名乗る。「四郎」は通称、とでもいえばわかりやすいだろうか。

「ではさっそく行きましょう」

松浦さんの愛車に乗せてもらい、いざ出発。天草下島の東側にあるホテルから島を横断して西海岸へと向かう。車内では青木さんと松浦さんが地元のかたならではの「生きた」話を聞かせてくださる。

ちなみに松浦さんのご先祖は大江の地役人、つまり隠れキリシタンを取り締まる側である。毎年春には屋敷の庭で「絵踏み」も行われていたという。とはいえ小さな集落のこと、「あの家はキリシタンだ」とわかってはいても公然の秘密として穏便に済ませていたそうだ。

「女性のほうが棄教しないんですよ。こうと決めたら動かん。だから、キリシタンの奥さんが夫を改宗させたりね。で、逆に奥さんに逃げられたから棄教したなんて話もあります」

松浦さんの話に深く頷く。確かに女は図太い、いやタクマシイのだ。

「農民一揆《いっき》というと弱い者たちのようにも思えますが、武士や浪人なども交じっていてかなり荒っぽいこともしたんです。進軍の途中、脅しながら人びとを軍勢に加えたり、味方にならないと十五歳以上は皆殺しにしたりね」

そうだったのか。確かにわたしのなかにも「一揆勢＝弱いもの」という図式があった。歴史は一面的には語れないのだなあと改めて感じる。松浦さんの話はつづく。

「日本人には『八百万《やおよろず》の神さま』の意識があるでしょう。だから天草でもキリスト教は『新しい神さまのひとりね。いいんじゃない』といったくらいの気持ちで受け入れられたんです。それに遠いヨーロッパから渡ってくる神父さんは一生国に戻らず布教をつづけた。つまり故郷や家族を捨ててまでこの地にやってきたわけです。だからこそ尊敬を集めた。捨てるものが多いほど人びとに尊敬されるんですね」

捨てるものが多いほど人びとに尊敬される。その気持ちは時代を超え、現代のわたしたちにも共感できるものだと思った。

貴重なお話を伺ううちに西海岸に突き出た荒尾岳《あらおだけ》山頂に到着。「高所からまず地理を把握してほしい」という松浦さんの提案による。眼下に広がる鈍色《にびいろ》の海。あいにくの小雨模様で視界が悪く、洋上に浮かぶ島影がぼんやりとしか確認できない。

「向かって右が富岡。一揆勢が攻略できなかった富岡城のあるところです。晴れていればその奥に島原半島が見えます。そして左手は大江、﨑津。さらに向こうが甑島《こしきじま》」

松浦さんの説明で、おおよその地理が把握できた。

荒尾岳を下り、海岸に沿って車は大江集落へ。有名な「大江天主堂」のある村だ。

白く輝く教会は思ったよりこぢんまりとしている。教会のすぐ横には信徒の墓地。日本風の黒い縦長の墓石の上に十字架が掲げられた、とても変わった作りをしている。青木さんによると「火葬するようになってからこのかたちになりました。土葬していた時代は埋葬された場所に平たくて長方形の石を墓石として置いていたんですよ」とのこと。そういった墓を「キリシタン墓」と呼ぶそうである。掃除していた信徒のかたにご挨拶してから教会のなかへと入る。板張りの高い天井には水色やオレンジ色で紋章のような絵が描かれている。磨き抜かれた木製の信徒席の正面に祭壇が。決して華美ではなく、家庭的で温かみのある祭壇である。アーチ形の窓に嵌《は》めこまれたステンドグラスからは、色彩豊かな外光が射し込んでくる。

現在の大江天主堂が建てられたのは昭和八（一九三三）年。

明治二十五（一八九二）年にこの地を訪れたフランス人のガルニエ神父のもと、信徒たちがちからを合わせて建設した。昭和十六（一九四一）年、八十一歳で没するまで布教に努めたガルニエ神父は、その温厚で誠実な人柄から大江のひとたちの尊敬と信頼を一身に集めたという。そんな神父の人柄がきっとこの教会の醸し出す親密で穏やかな雰囲気の源となっているのだろう。

大江天主堂を辞し、ちょっと遅めのランチを取るため四人で﨑津漁港に面した寿司処「海月《くらげ》」へ向かう。ここのお寿司の美味しいこと！

汁物、小鉢、デザートがつくランチセットは、赤イカから〆のカステラ寿司まで全九貫。目の前のカウンターでご主人が一貫ずつ握って出してくれる。そのどれもが例えば真鯛ならおろしポン酢、炙り鯖はごま油と塩など、醬油をつけずに食べられるよう工夫が凝らされている。

厚切りのネタはすべて目の前の港で揚がったもの。シャリが小ぶりなので、魚の旨みが思う存分味わえる。海の見えるロケーションも素晴らしく、味と景色、双方に感激しつついただいた。

食後は「海月」から徒歩五分ほどの「﨑津教会」を訪ねる。教会の建つ土地はかつて禁教時代に絵踏みが行われていた大庄屋の役宅跡。さらに現在の祭壇は、まさに絵踏みをしたその場所に置かれている。「迫害の記憶を忘れず、信仰復活の象徴としたい」という信徒の強い思いが伝わってくる。

大江教会とは違い石で造られた建物は、雨に濡《ぬ》れ、外壁が黒く濡れそぼっていた。なかに入って驚く。左右に分かれた信徒席には、なんと畳が敷きつめられている。ゴシック様式の建物に、畳。なかなかお目にかかれない風景だと思う。教会を見上げながら松浦さんが説明してくれる。

「大江にせよ﨑津にせよ、海からよく見えるところに教会があるでしょう。これは『この地は布教が済んでいるぞ。だから上陸してもだいじょうぶだぞ』と、自国の船乗りに知らせるためなんです。かつてのバチカンは言ってみれば巨大なスパイ機関でもあった。ヨーロッパを出た宣教師たちはマカオで教育を受け、アジア各地に散って行きました。訪れた土地で有力者を改宗させ、領民に教えを広める。同時にその国の情報をバチカンに伝える役目も帯びていたんです。さらには貿易商人とも深い繋がりがあり『信者にならない限り貿易は行わない』と大名に持ちかけた。戦国時代の大名たちは、舶来品、とくに火薬を手に入れるためこぞって改宗した。つまり宗教と商売がセットだったわけです」

な、なんというしたたかさ……。信仰に命を捧げた神父たちに、そんな「俗」な一面があったとは。イメージや殉教の悲劇だけに捉われていると、歴史の真実を見誤ってしまうのかもしれない。

そんなことを考えながら細い路地を歩き、車に戻る。次の目的地は代々水方を務めた山下家。十一代目当主にお話を聞き、「天草でいちばん古い」といわれる築百八十年のご自宅に現存する「隠し部屋」を見学させていただく予定だ。

　時刻は午後三時過ぎ。朝から降ったりやんだりの天気だったが、ここにきていちだんと雨脚が強くなってくる。

「雲もだいぶ垂れ込めて来ましたねぇ」心配そうに空を見上げるＭ嬢。頷くわたし。なにせ今日のハイライトは、禁教時代に水方がこっそり聖水を汲《く》んだ湧き水、その名も「妖蛇畑《ようじゃばたけ》」の探索にあるからだ。

「妖蛇畑」は簡単には見つからないよう、かなり奥まった山のなかにあるという。不気味な名前も、ひとが近づかないための知恵のひとつ。弾圧に苦しんだ信者には申し訳ないが、なんだかわくわくするではないか。

「だいじょうぶ。ぼく、こんなこともあろうかと長靴や軍手も用意してきましたから！」青木さんのことばが頼もしい。ともあれ、我われを待っていてくださる山下家へと車は走る。

　迎えてくださったのは御年八十九歳の十一代目当主とその奥さま。座敷に上がらせてもらい、さて隠し部屋は……どこだ。まったくわからない。当たり前だがどこにあるのか見当もつかない。

「ヒントはこの納戸です」と教えてもらい、四枚繋がった扉を順に開けていくと――あった、ありました！ 左から二番めの戸の後ろに狭い空間があり、そこに梯子《はしご》が立てかけてある。隠し部屋はその梯子を上った先、天井裏に設けられていた。

大人がようやく立てるくらいの高さで、広さは三畳ほど。禁教時代この部屋の柱に十字架を刻み、密かに祈りを捧げていたという。洗礼や経消し、さらには信者を匿《かくま》うためにも使われた。もちろん当時は梯子などなく、必要に応じてよじ登っていたそうだ。

「水方のしきたりなどはすべて口伝で跡取りに継がせていました。書きものとして残すと証拠になってしまうからです。妖蛇畑もそのひとつ。聖水を汲む役目の水方しか場所を知らなかった。しかも汲んだ聖水を使って洗礼を授ける水方は別の家でした」当主が淡々と話してくださる。

ちなみに山下家は洗礼を授ける水方。このように秘密を一ヵ所に集中させないことで、信仰の生き残りを図ったのかもしれない。

礼を述べて山下家を出、ついに妖蛇畑へ。谷を隔ててちょうど山下家の反対側、山の中腹に泉はあるらしい。もちろん地図などない。青木さん松浦さんの記憶を頼りに山道を上る。

　車一台がようよう通れるほどの細い道が、山中にくねくねとつづいている。鬱《うっ》蒼《そう》と茂る雑木林に遮られ、見通しが悪い。しかも本格的に降り出した雨で、あたりはかなり薄暗い。

「たぶんこの下だと思います」山道からつづく急な斜面を青木さんが指さす。斜面には夏草がわたしの胸のあたりまで生い茂っている。道はない。草を掻《か》き分けながら下るしかなさそうだ。

　だが、ただでさえ急な斜面、しかも雨で滑りやすいことこの上ない。蛇やイノシシも出ると聞いて「今回は諦めましょう」ということに。どうやら夏場に行くのは難しい場所のようだ。泣く泣く車に戻り、妖蛇畑の現在のようすを青木さんに説明してもらう。

「藪《やぶ》を進んだ先にぽっかりと開いた空間があります。その一角に岩場があって、水はそこから滲《にじ》み出ているんです。岩はくり抜かれ、小さな泉をかたち作っています」

　代々妖蛇畑の水方を担ってきた家の息子さん（六十～七十代）によると「そういえば赤ん坊が生まれると祖母《ばあ》ちゃんがここに水を汲みに来ていた」そうだから、

昭和の初めころまでこの風習は残っていたことになる。

文献も地図もない、人びとの記憶にだけ残る遺構。青木さんのように受け継ぐひとがいなければ、近いうちにきっと忘れ去られてしまうだろう。いや、すでに時の闇に消えた遺構や風習もあるに相違ない。

語ること、知ること、そして残そうとする努力。地味ではあるが、とても大切な行為なのだとしみじみ感じる。


三日目、最終日。昨日とは打って変わって晴れ上がった空にうろこ雲がたなびく、まさに秋晴れの一日だ。

今日は「隠れ」以外の天草の顔に迫ろうと決めていた。青木さんとも相談のうえ、目をつけたのが「天草陶磁器」である。

あまり知られていないが天草は窯業が盛んだ。十七世紀中頃に天草の西海岸で陶石が発見されたのがそもそもの始まりで、かの平賀源内《ひらがげんない》に「右之《の》土天下無双の上品《じょうぼん》に御座候《ござそうろう》」と言わしめたほどの高品質を誇る。島内にはおよそ三十数軒もの窯元があり、それぞれ個性豊かな作品を生み出している。

わたしたちが訪れたのは「丸尾焼」と「水《みず》の平焼《だいら》」の二軒の窯元。

最初に伺った「丸尾焼」では、駐車場の奥に明るく開放的なギャラリーが設けられており、湯呑みや碗、大皿からカフェオレボウルまでじつにさまざまな器が美しくディスプレイされている。ギャラリーの一角にはカフェスペースもあり、緑豊かな芝生の中庭を眺めながら美味しいお茶やコーヒーがいただける。陽光が降りそそぐこのカフェでオーナーである金澤一弘さんに話を伺った。

「丸尾焼の創業は弘化《こうか》二（一八四五）年。丸尾ヶ丘周辺で採れる粘土質の赤土を用い、おもに水鉢や醤油甕《がめ》などの大物を作っていました。西南《せいなん》の役《えき》のときは『棺《かん》桶《おけ》が足りない』ということで、大甕に三分の一ほど水を張り、海に浮かせたものを船で引っ張って運び、商ったという記録もあります。現在は生活空間をより豊かにしてくれるような日用品を裏の工房で作っています」

せっかくなので工房にもお邪魔することに。明るく風通しのよい工房では、土練りから加飾（絵付け）、そして週に一回の本焼きまで多岐にわたる工程を息子さん三人を中心としたスタッフが粛々と行っている（ちなみに息子さんたちは『丸尾イケメン三兄弟』と呼ばれているそうな）。

可愛らしい模様の入ったもの、釉薬《ゆうやく》の風合いを活かしたもの。どれもがみな魅力的で、かつ現代の暮らしに合うモダンさを持ち合わせていた。

つづいて車で五分ほどの「水の平焼」に移動。「丸尾焼」が現代風とすれば、こちら「水の平焼」は、伝統を守りつつ天草の風土に根ざしたもの作りを心掛けた、いわば対極にある作風と言えようか。

こぢんまりとした店内で話を聞かせてくれたのは八代目の窯元、岡部祐一さん。「水の平焼」は天草でいちばん古く、創業は明和《めいわ》二（一七六五）年。釉薬を二重にかけ発色させることで、複雑さと深みを醸し出す「海鼠釉《なまこ》」を初代より受け継いでいる。

「原料となる粘土は、歩いて十分ほどの水の平という土地のもの。釉薬の原料となる木灰や藁灰、土灰もすべて近在のものを使っています。『海鼠釉』という名は、まさにナマコに似た色合いから。うちでは赤海鼠と青海鼠、二種類を焼いています」

説明を受け、改めて店内を見回す。赤茶の肌に精妙な白い斑《ふ》の入った赤海鼠、そして青緑から黒に近い藍色まで一つひとつ風合いの違う青海鼠の器がぎっしり並んでいる。手作りの焼き物ゆえ、同じものは一つとしてない。「世界に一つだけの器」を買い求めることができるのだ。

隣接する工房には作成途中の焼き物がすき間なく置かれ、窯に入る日を待っている。煉瓦を積んで作った登り窯も残っており、歴史の重みを感じる。

「採土場も見てみますか」と誘っていただき、水の平へ。一見、なんてことはない雑草の茂ったちいさな丘だが、ここで約三百年間粘土を掘り、素材としてきたのだ。

「そのうち粘土がなくなっちゃいませんかねぇ」

お馬鹿な質問をするわたしに岡部さんは「あはは」と笑い「三百年かけてこれですから、まだまだだいじょうぶですよ。丘がなくなったら地面を掘っていけばいいですし」と明快なこたえを返してくれた。

岡部さんと別れ、一路空港へ。働きものの「みぞか号」に乗り、今日は福岡経由で帰京する。

途中、お願いして見晴らしのよい高台で車を停《と》めてもらう。なだらかな斜面に畑と水田がはろばろと広がる。長いながい一本道の先には山々の峰が霞《かす》んで見える。島というより大陸的な風景だ。

気持ちのよい風に吹かれながら青木さんがつぶやく。

「もっともっと天草のことを皆さんに知ってほしいです。歴史と文化に彩られ、美味しいものもたくさんある。海に出ればイルカと会うこともできるし、温泉だって湧いている。一度来て下されば、きっとファンになってもらえる島だとぼくは思うんです」

その通り、青木さん。現にすっかり天草のファンになってしまった人間が確実にふたり、ここにいる。

さて今回の旅の掉尾《とうび》を飾るのは、おなじみM嬢の「ご当地アイス・ホッパー」。五和町《いつわまち》で店を開く「サンタのアイス工場」にて、名産・天草塩を使った「塩バニラ」をいただく。その感想は――

「手作りならではの丁寧で、作り手の気持ちがいっぱいつまった味。なめらかで、濃厚でこれは……天下無双です」だそうだ。

二泊三日では回り切れないほどの魅力に溢《あふ》れた島、天草。

来島前の「痛くて暗そうなイメージ」はすっかり消え去り、優しさ、温かさに包まれながら島をあとにしたわたしだった。

8島目

直　島

2017年12月14日〜12月16日

旅に出る前日、わたしは都内で友人と「ＩＴ」というホラー映画を観《み》ていた。怖かった、悪夢だよねと友人と言い合いつつ映画館を出、スマホの電源を入れると担当編集者Ｍ嬢からメールが何通も来ていた。明日の連絡かしらと思いつつ内容を読む。

『Ｍです。実は昨夜から高熱が出ており布団から一歩も出ることができません。とりあえずひなこさんだけで行ってください。すみません！』（原文ママ）

まじですか……超方向音痴のわたしが初めての土地へシングル・ホッパー……ある意味「ＩＴ」より怖い。

そんなホラーな気分で、アートの島・直島《なおしま》への旅は始まったのだった。

翌朝、九時五十分東京駅発の新幹線で岡山駅へ。そこからフェリーの出る宇野《うの》港へ向かう。

二時過ぎ、港へ到着。まだ夕暮れにはほど遠い時間だが、厚い雲の垂れこめる宇野港は薄暗く、乗客も少なくて寂しい。とはいえ仕事だ、ひとりでがんばるぞと気合いを入れ船に乗り込む。定員四百五十名のフェリーは定刻の二時二十五分、静かに岸壁を離れた。

瀬戸内の海は暗い青。穏やかでさざ波ひとつない。多島海だけあって手を伸ばせば届きそうな位置に幾つも島があらわれる。

二十分の船旅で直島は宮浦《みやのうら》港に到着。なにはともあれ目的の島に辿りつけてほっとひと息。厚かった雲が切れ、初冬の薄い青空に顔を出した太陽にさらにほっとする。さあ今日から三日間、アート作品を堪能しよう。

港ではさっそく草間彌生《くさまやよい》作「赤かぼちゃ」が出迎えてくれる。真っ赤な地に大小の黒い水玉模様がちりばめられた巨大なかぼちゃのオブジェは、高さ三・九五メートル、直径六・九六メートルほどの大きさで、内部はくり抜かれ、壁に開いた丸い穴からなかに入れるようになっている。

内側は黒一色。床には二十センチくらいの円が点々と穿《うが》たれ、円に仕込まれた電灯が赤と薄い黄色の光を放っていた。鑑賞するだけでなく体験もできる。現代アートの素晴らしさのひとつだろう。

「赤かぼちゃ」を後にして、次はアーティスト・大竹伸朗《おおたけしんろう》が手掛けた銭湯、その名も「I♥湯」へ向かう。「I♥湯」……いっそ潔い名称ではあるまいか。

銭湯は、焼き板塀と白い漆喰《しっくい》の壁が建ち並ぶ昔ながらの集落の一角にあった。赤や緑といった原色を多用したキッチュな外観が、モノクロームを基調とする町並みのなか思いきり異彩を放っている。もちろんこれも作家の仕掛けのひとつだろう。

雑多なモチーフをあれこれ継ぎ合わせた、まるでおもちゃ箱のような外観をとくと眺めてからなかへ。番台で入浴料、もとい鑑賞料を払い、右手、女湯ののれんをくぐる。

脱衣所もとにかくカラフル。白い壁にはステンドグラス風の窓が設けられ、ゾウの絵ハガキや新聞記事を切り張りした大きな額が掛けられている。手洗い場の白い陶器の鉢には紺色の筆で描かれたウミウシやイソギンチャクといった海の生きものが。なぜに銭湯にゾウ、それにぬめっとした海の生きものが？　そのこたえは手洗い場のタイルにやはり筆で書かれていた。

「性と人間」

そう「I♥湯」のテーマはずばり「性」なのである。おそらくゾウの鼻は男性器の、そしてイソギンチャクたちは女性器の暗喩《あんゆ》なのであろう。

浴室に入り、浴槽に浸かると作家がこの銭湯に込めたテーマがさらに生々しく伝わってくる。

熱い湯の満たされた細長い浴槽の床には浮世絵がびっしり。それも春画と呼ばれる男女の交わりを描いた作品ばかり。「あーいい湯だな」と思って下を見ると、我が股のあいだで男女がくんずほぐれつしているのだ。

野暮な修整など入っていないので、もうほんとにもう、まさにばっちり見えちゃうのである。ひとによっては、あるいは子連れの家族などには少々刺激が強いかもしれない。お湯じたいはごく普通の水道水なのだけれども。

いろんな意味で火照ったからだで銭湯を出る。夕風が肌にここちよい。

港からは送迎バスを使って今夜の宿であるベネッセハウスへ。バスはフェリーの発着する宮浦港から島を横断するかたちでまず本村《ほんむら》港へ寄り、そのあとベネッセハウスの建つ島の南端へとひた走る。

ベネッセハウスに宿泊することが今回の旅の目的のひとつ。福武《ふくたけ》財団が運営するこのホテルは、直島に同財団が展開するアートサイトの中心となる施設だ。

アートサイト＝「芸術の広大なテーマパーク」と書けばわかりやすいだろうか。ベネッセハウスミュージアム、李禹煥《リウーファン》美術館、そして地中美術館の三つのミュージアムを敷地内に擁しており、宿泊棟もミュージアム、パーク、オーバル、ビーチとそれぞれ趣きの違う四棟を備えている。

わたしが泊まるパークは建築家・安藤忠雄《あんどうただお》の設計で、建物じたいが芸術作品と呼ぶべき価値を備えている。館内には十数名のアーティストが手掛けた作品が至るところに並び、たとえば食事を取るためレストランに向かうだけでそれらの作品を鑑賞することができる。

瀬戸内の海、そして四国高松を遠望する客室はシンプルかつモダンで、供されるディナーは旬の食材をふんだんに使ったフレンチのフルコース。海外からの観光客にも人気の高い、まさにラグジュアリーなホテルなのである。

そんな素敵ホテルにひとり……

クリスマス前とあってか周りはカップルばかり。どんなに美味しいフレンチでも、ひとり黙々と食べるのはとても味気ない。M嬢、早く復活してくれ！　美しく盛りつけられた料理をありがたくいただきながらも、こころのなかは寂しさでいっぱいのわたしであった。

翌朝は雲ひとつない快晴。九時半ホテル発の送迎バスに乗って、島の東側にある本村地区へ。昨夜のうちに本村地区で展開されている「家プロジェクト」のガイドツアーを申し込んでおいたのだ。

本村地区は、戦国時代に水軍・高原氏が治めていた古い土地だ。建ち並ぶ民家のなかには築四百年を超えるものもある。

町からベネッセに「これらの古民家の再生へ助力をしてほしい」との申し出があったとき「たんに保存公開するよりも、古民家と美術を融合させた新しい空間作りに挑戦してみよう」という動きがあり、それが「家プロジェクト」として開花した。

古民家や寺社を使ったアートは本村地区内に七軒あり、徒歩で回ることができる。ガイドツアーはこのうち「角屋」「護王神社」「南寺」そして「碁会所」の四軒を訪ねる。

ツアーは女性ガイドさんひとりに、客はわたしを含め五名。アットホームなツアーの雰囲気が古い町並みによく似合う。訪ねた四軒はどれも印象的な作品だったが、わたしがこころを奪われたのは護王神社と南寺のふたつだった。

護王神社は海岸線に沿った高台に位置する。もともと高原氏を祀《まつ》る神社だったが、氏子の減少により存続の危機に陥った。そこで町とベネッセ側が協議し「神社の機能は維持したままアート作品として再建する」ことになったそうだ。設計は美術家・杉本博司《すぎもとひろし》。目指したのは「出雲大社《いずもたいしゃ》を思わせる、初期の神社のかたち」だ。

　ヒバを多用した社殿は小作りながらも静謐《せいひつ》で美しい佇《たたず》まい。社殿の下には新たに掘った石室があり、透明性の高い光学ガラスの階段によって結ばれている。

　ガイドさんに案内され、社殿を左に見ながら境内を下る。と、そこに高さ三メートル、幅一メートルほどのコンクリートでできた細長いトンネルが。

「みなさん、入ってみてください」と促され、懐中電灯を渡された一行五名は、恐るおそる闇のなかへ。何度か角を曲がり、ようやく光射す最奥へ辿りつく。そこはガラスの階段が降りてくる場所で、見上げると眩《まばゆ》い光のなか、社殿正面へと透明な階段がまっすぐにつづいている。これだけでも美しい眺めなのだが、もうひとつ、この神社ならではの仕掛けがあった。

「おひとりずつ戻って来てください。石室の出入り口から瀬戸内の海、水平線がまっすぐに見えるはずです」

　確かにたしかに。灌木《かんぼく》の茂みのあいだから、ちょうどトンネルと同じ幅の青い海と空が、地中と地上、そして天界を結ぶように広がっている。ほかでは見られない、まさに「この場所があってこそ」のアートだった。

そしてもうひとつの極私的感動作品である南寺。かつて同名の寺があった場所に、安藤忠雄設計の木造建築物がでーんと建っている。

名称こそ「寺」であるものの、板張りの外観は窓ひとつなく、まるで巨大な倉庫のようだ。建物内にはジェームズ・タレルの作品が設置され、一組十五分ごとの完全入れ替え制で体験できる仕組み。

「光と闇がテーマなので携帯ほかすべての電源を切ってください」と言われ、これまた恐るおそる一行は真っ暗な南寺内部へ。かんじんの作品についてはネタばれになってしまうので詳しくは書けないが、知覚のトリック、もしくはおのれの持つ潜在能力を引き出す斬新な作品だった。

作者のタレルは大学で知覚心理学や数学、天文学などを修めたいっぷう変わった芸術家である。また飛行機の操縦免許を持つ彼は、飛行中に機体の平衡を失い「海と空が完全に一体化した」という経験や、飛行機事故による失明の危機などを通して「ふだん意識しない『光』という存在」にインスピレーションを得、数々の作品を作り上げているという。

じぶんの見ている世界は完全なものなどではない。

一人ひとり顔が違うように、見えている世界もまた、ひとによって異なっている。

当たり前といえばそれまでだが、その「当たり前」に気づかせてくれる貴重な鑑賞体験だった。

ツアー終了後はひとりランチ。せっかく香川県に来たのだからと入ったお店は本村地区にあるうどんの「石井商店」。頼んだのはかけうどん。丼の底が見えそうなあっさりした出汁に、コシの強い讃岐《さぬき》うどんがよく合い、冷えたからだを暖めてくれる。

食後はふたたびバスでアートサイトへ。見どころはたくさんあるのだが、夕方にはようやく復活したM嬢と倉敷《くらしき》のホテルで落ちあわねばならない。迷ったすえ直島でしか体験できないであろう地中美術館へ向かうことにする。

ちなみに直島は意外に広く、徒歩で全体を見学して回るのは不可能に近い。町営バスも走っているが、アートサイト内は専用のシャトルバスでしか移動できない。レンタカーはあるがタクシーは一台しかなく、わたしのように車の運転が不得手な人間はバスが頼り。そのため時刻表とにらめっこしながらの行動となる。

ただレンタサイクルは豊富に置いてあるので、時間に余裕があれば島の風景を愛《め》でながらの気ままなサイクリングも楽しいことだろう。

さて地中美術館。その名の通り建物のほとんどを地下に埋設した美術館である。展示されている作家はクロード・モネ、ウォルター・デ・マリア、そして先ほどのジェームズ・タレルの三名で、美術館じたいもベネッセハウスと同じく安藤忠雄の手になる芸術作品である。

中庭に設《しつら》えられた階段を下ってゆき、まずは地下二階にあるモネの部屋へ。展示されているのは最晩年の「睡蓮」シリーズの五作品だ。

特に入り口真正面に飾られている二枚組絵画、各二メートル×三メートル、総横幅六メートルにおよぶ大作「睡蓮の池」が圧巻。地中とは思えぬほど自然光がふんだんに降りそそぎ、繊細なモネの筆使いをさらに際立たせている。

地下三階に恒久設置されたマリアの「タイム／タイムレス／ノー・タイム」は、部屋の中央に置かれた直径二・二メートルの黒い球体とそれを囲む金箔《きんぱく》を張った二十七体の列柱で構成されており、空間と自然の光を見事に調和させた作品となっている。

だがわたしがこの美術館でいちばん感銘を受けたのはやはりタレルの三作品、なかでも「オープン・スカイ」であった。

十数メートル四方の部屋は、壁と天井が純白に塗られており、壁に沿ってコンクリート製のベンチが作られている。天井には大きく開けられた四角い窓。鑑賞者はベンチの好きなところに腰かけ、あるいは寝転んでその天窓から刻々と移りゆく直島の空を眺める仕組みだ。

それだけといえばそれだけの作品なのだが、白のフレームに切り取られた青い空と流れゆく白い雲の対比が美しく、どれだけ見ていても飽きない。

『雲は天才である』とは石川啄木《いしかわたくぼく》の小説のタイトルだが、ひとつとして同じかたちがなく、ときに群れ、ときに散り消えてゆく雲を眺めていると「ほんとうにその通りだ」とこころの底から感じる。

視覚だけでなく風のそよぎや鳥のさえずり、ともに鑑賞する異国のひとの発することばが一体となってひとつの玄妙な世界を作りだす。できることならずっとこの世界に浸っていたい――そう思わせてくれる作品だった。

地中美術館を出、倉敷に向かうためフェリーに乗り込む。遠ざかっていく直島を見ながら思う。この島で出会うアートは、この島に在ってこそ意味をそして価値を持つ。直島の町並み、空、そして流れゆく時間。それらすべてを包含しての芸術作品なのだ。

夕刻、倉敷の美観地区近くにあるホテルでM嬢と合流。美観地区とは、江戸時代から建ち並ぶ白壁になまこ壁を配した蔵や屋敷を保存し、古い町並みをそのまま活かした地区のことである。「倉敷の散策は明日にして、とりあえず夕飯を食べよう」ということに。

訪ねたのは美観地区の古い蔵を改装した割烹料理屋「浜吉《はまよし》　ままかり亭」。瀬戸内の魚料理にこだわったお店だ。

まずはお造り。ひらめや寒ぶり、さわらといった旬の魚が並ぶ。中落ちはさわらで、二十センチほどの長さがあり、脂の深くてこくのある甘みがぞんぶんに楽しめる。

板前さんに珍しい地のものを尋ねると「さわらのからすみやたこもちなんていかがでしょう」と勧められる。

からすみはともかくたこもちとは？　不思議に思って詳しく聞くと「たこの卵をボイルしたものです。ポン酢でどうぞ」とのこたえが。

たこの卵。食べたことがない。さっそくその二品をオーダー。さらに貝柱の塩焼きとめばるの煮つけ、そして岡山に来たら外せない、ままかり寿司もお願いする。

さわらのからすみはねっとりと濃く、熟成されたチーズのようなクリーミーな味わい。ポン酢でいただくたこもちは、しゃりしゃりとした食感が面白い。めばるの煮つけは魚の旨みがごぼうや蓮根にしみ込んで、お互いを引き立てている。

そしてままかり寿司。ままかりは「まんま（飯）が足りなくなり、お隣に借りに行くほど美味しい」ことからその名がついたもので、古くから岡山県民に愛されてきた魚である。開いて酢漬けにしたものを一匹一貫でいただく。適度な歯ごたえのあっさりした白身が酢飯と相性抜群。

「ままかり亭」を出たあとは、今夜はゆっくり休もうと早めにホテルへ戻る。

思えばこの「早めホテル」がいけなかったのかもしれない（とはいえ十時だが）。あるいはM嬢と無事合流できてほっとしたせいかもしれない（完全な言い訳）。ベッドでごろごろしているうちに、むくむくと小腹が空いてきてしまった。せっかくの倉敷の夜、ラーメンでも食べに行こうかな。いや行くべきだろう。

酔っぱらいの思考に脈絡はない。ベッドから起き上がったわたしは、スマホと千円札一枚を握りしめ、ふらふらと夜の街に彷徨《さまよ》い出た。

歩くこと数分、行く手に小さなラーメン屋があらわれた。外に出してあるメニユーを見るとどうやら担々麺が名物らしい。寒い冬の夜に熱い担々麺。迷うことなくのれんをくぐる。担々麺八百円、追加トッピングのにんにく百円。合わせて九百円、うむ、千円でお釣りがくる。

にんにく担々麺を頼み、テレビを見ながら待っていると、隣で餃子《ギョーザ》をつまみに飲んでいたおっちゃんたちが店員さんを呼んだ。「青島《チンタオ》ビール一本追加ね」

青島ビール！　町を歩いたせいでちょうど喉が渇いていたわたしは反射的に手を挙げていた。

「すいません。わたしもビールください」

冷えたビールに舌をやけどするほどの担々麺。それはそれは美味しかった。大満足してさあお会計という段になって青ざめる。しまった。ラーメン一杯のつもりで千円しか持ってきていない！

あわててメニューを確かめると青島ビールは五百円、飲食代はメて千四百円、つまり四百円足りないのだ。

ここでいくつかの選択肢が頭をよぎる。

「M嬢に電話して不足分を持ってきてもらう」いやこの寒さのなか、ようやく熱の下がったM嬢を呼び出すのはあまりにもひどすぎる。

「スマホをかたに置いて一度ホテルに戻る」だが唯一の連絡手段を手放す勇気がでない。となると残る選択肢はただひとつ。

「……すみません。明日必ず返しに来ますので四百円、つけにしてください」

うなだれつつ店員のお姉さんに申し出る。最初驚いていたお姉さんだが、すぐに笑顔になり「いいですよー。四百円はおまけしときます」と言ってくれた。

「いえッ必ずや明日返しに来ますッ。本当にごめんなさい」何度も頭を下げ、逃げるようにお店を出る。

ああ、やってしまった。深夜ラーメンだけでも自己嫌悪なのに、加えて料金不足……恥ずかしい。社会人のやることではない。悶々《もんもん》としながら一夜を過ごした。

翌朝、ロビーでM嬢と会うなり昨夜の顚末《てんまつ》を話す。

「す、すごいことしでかしましたね、日菜子さん。でも優しい店員さんでよかったじゃないですか」慰められて気を取り直し、美観地区をそぞろ歩きつつ、かの有名な大原美術館を目指す。

昨夜は暗くてわからなかったが、倉敷川沿いに蔵の建ち並ぶ街並みは古き良き時代そのままの趣き。ただ蔵として使われている建物はなく、土産物屋やカフェなどが軒を連ねている。歩くこと十分ほどで到着。

大原美術館は倉敷で財を成した実業家・大原孫三郎《おおはらまごさぶろう》が昭和五（一九三〇）年に設立した、日本最初の西洋美術を中心とした私立美術館である。

孫三郎の親友の画家・児島虎次郎《こじまとらじろう》が留学先の欧州で、制作の傍ら優れた西洋画を買い集めたことに端を発し、モネやエル・グレコ、マティス、ゴーギャンといった著名な画家の作品を多数有する貴重な美術館だ。敷地内には本館、工芸・東洋館、分館があり、西洋絵画から日本の現代作家、さらにはバーナード・リーチらの工芸品や東洋の古代美術まで鑑賞できる。

最初に入ったのは石柱の連なる石造りの本館。絵画への理解をより深めるため、イヤフォン式の音声ガイドを借りる。週末ではあるがそれほど人出は多くなく、展示された名画をゆっくり鑑賞することができた。すべて紹介することは不可能なので、印象に残った作品を二点取り上げたい。

ルノワールの「泉による女」。明るい色彩でふくよかな裸婦が描かれている。左手で泉の水を受け、右手でそっと髪をおさえる裸婦。自然なポーズが彼女の豊かな乳房や丸みを帯びた下半身を際立たせている。

制作時、ルノワールは七十三歳。重いリウマチを患いながらも創作への意欲を失わず、手に絵筆を包帯でくくりつけて描いた作品だ。テーマとしてこだわりつづけた裸婦像の、いわば到達点ともいうべき傑作である。

マティス「画家の娘―マティス嬢の肖像」。海辺の別荘で愛娘《まなむすめ》を描いた一枚。背景に描いた青い海をあえて黒く塗りつぶすことで人物がくっきりと浮き上がり、強い眼《め》の光が見るものの胸に迫ってくる。

「画家の娘―マティス嬢の肖像」は虎次郎が直接マティスに交渉し、譲ってもらったものだという。すでに巨匠であった彼の作品を手に入れることができたという事実が、いかに虎次郎がかの地の芸術家たちに信頼されていたかを物語っているように思えた。

ちなみに音声ガイドには絵画によって「主解説」と「追加解説」の二種類があり、追加を聞くと制作のこぼれ話や強引な（？）入手秘話などが楽しめるようになっている。もし大原美術館に行かれて音声ガイドを借りたならば、追加解説もぜひ。よりいっそう作品が身近に感じられることと思う。

美術館を出て、やはり蔵を改装したレストランでお昼。昨夜が魚づくしだったので、わたしはタンシチュー、M嬢はカツカレーをオーダー。古い蔵のなかで食べる洋食はなかなかオツなものだ。

食後、美観地区をぶらぶら歩いていると「倉敷名物デニムソフト」という藍に白抜きの看板を発見。確かに倉敷の児島《こじま》地区はジーンズの生産で有名だ。だがなにもデニムをテーマにソフトを作らんでも……

とはいえM嬢には毎回「ご当地ソフトクリーム」を食し、レポートする義務がある。その企画にこれ以上ぴったりな素材はないだろう。さてそのお味は如何《いか》に。

「鮮やかなデニム色のソフトクリームにかなりビビりつつひと口。なんとびっくりなめらか食感。ラムネ味ベースにブルーベリーの隠し味が効いている美味しいご当地ソフトです」

倉敷に行かれたらぜひ味わっていただきたい。

美術館も見たし倉の町の散策もできたし、これで今回の旅も無事終了……ではなく、ひとつやり残したことがある。そう、昨夜心ならずも踏み倒してしまった四百円を返しに行かねばならないのだ。勇んでお店に行くと、のれんは外され、シャッターが閉まっている。もしや定休日⁉

「休憩時間かもしれないですよ。わたし預かって、夜、出直してみましょうか」

M嬢が提案してくれる。

「うう、すまない……お店の方にくれぐれもよろしくね」言って、百円玉四枚を預け、新幹線に乗り込んだ。

京都駅を過ぎるころ、スマホが鳴った。M嬢からのメールだ。『いまお店にお金返しました。優しい店員さんで「別によかったのに」と言ってましたよ』よかった、なんとか踏み倒さずにすんだ。ありがとうお姉さん。こころがぽっと温かくなる。

ホラー気分で始まった旅だが、最後はハッピーな気持ちで終えることができた。終わりよければすべてよし。座席に身を沈め、ほっとした思いで静かに瞼《まぶた》を閉じたわたしであった。

9島目

壱　岐

2018年3月21日～3月23日

九島目となる今回のアイランド・ホッパー、目的地は長崎県の壱岐《いき》。

本州と対馬《つしま》に挟まれた離島で『魏志倭人伝《ぎしわじんでん》』に「一支国《いきこく》」と記され、その王都と特定された「原《はる》の辻《つじ》遺跡」が有名な島である。また麦を原料とした壱岐焼酎や、黒毛和牛・壱岐牛の産地としても知られる。

もともと古代史が大好きで、しかも麦焼酎のファン、さらには肉好きのわたしにしてみれば天国のような島である。しっかり予習をし、友人のつてで壱岐市役所観光課の篠崎さんという方に二日間、案内をお願いすることができた。しかも地元の人でも予約を取りにくいと評判の居酒屋「旨勘《うまかん》」までその友人の厚意で席を確保。

万全、盤石、完璧。そんな熟語が脳裏をよぎる。

だが現実は甘くはなかった。

壱岐に飛ぶ前日、三月二十日の朝、旨勘の女将《おかみ》さんから連絡が入った。

「荒天で博多《はかた》からのジェットフォイルが欠航しています。たまたま島外に出ていたわたしも本日の帰島はできませんでした」

そう、春うららのはずの三月後半、爆弾低気圧が日本全土を襲い、なんと東京も最低気温八度という真冬並みの寒さ。

とはいえ飛行機が欠航することはあるまい。とにかく明日博多まで飛んで、あとは運を天に任せるしかない。覚悟を決めたそのとき、風邪気味で病院を受診していた次女から一通のＬＩＮＥが。そこにはたった一言「インフルだった」――

万全盤石完璧ががらがらと崩れていき、がれきのなかから今度は想定外、不安、「まじやばいかも」といったことばが立ちのぼる。

翌朝、相変わらずの冷たい雨と風のなか羽田から空路福岡へ向かう。到着した福岡空港も雨風が激しい。手荷物引き取り所で合流した担当編集者Ｍ嬢に暗い顔で「今日のジェットフォイル、欠航が決まりました。よって今晩は博多泊まりです」と告げられた。

もしかしたら九島目にして、ついにアイランド・ドントホッパーになるのか⁉

だが相手は天気だ、考えてもどうにもならない。博多市内に移動し、急きょ予約した宿にチェックイン。

さて夕飯までの三時間、どうやって過ごそう。ホテルで入手した福岡のガイドブックを広げる。

ぱらぱらとページをめくっていると金印の写真が目に飛び込んで来た。教科書に必ず載っている「漢委奴国王《かんのわのなのこくおう》」と刻まれたあの金印だ。写真はなんども見たことがあるが、本物にお目にかかったことはない。よし、金印の展示されている福岡市博物館に行ってみよう！

地下鉄を乗り継いで博物館へ。二階の常設展示室に足を踏み入れると、暗がりのなか、ライトアップされた金印がいきなりのお出迎え。さすが国宝、金印だけで一部屋占めている。

金印の大きさは一辺二・三四センチ、重量は百八・七グラム。想像していたよりもだいぶ小さい。大きめのキャラメルにつまみをくっつけた感じだ。

だが輝きは本物。ライトを受け、まさに黄金色に輝いている。鈕《ちゅう》（つまみ）は前進する蛇が鎌首をもたげて振り返るかたち。蛇鈕《だちゅう》というそうだ。ガラスケースの底面に鏡が取りつけてあり「漢委奴国王」の文字を読み取ることができる。

金印が発見されたのは天明《てんめい》四（一七八四）年、博多湾に浮かぶ志賀島《しかのしま》。農民が畔《あぜ》を補修している際に偶然見つけたものだという。中国の史書『後漢書《ごかんじょ》』に「西暦五十七年、後漢の光武帝《こうぶてい》が倭の奴国の使いに授けた」という記載があり、それこそがこの金印だと考えられている。

そんな大切なものがなぜ島の、しかも遺跡でもなんでもないところに？　よほどの事情があったに違いない。たとえば奴国が他国に襲われた際に王族が持って逃げたとか。あるいは賊によって盗み出され、あとで取り戻しに来るつもりで埋められたとか。

想像を巡らせているうちに、あっという間に閉館まであと三十分となる。一支国に繋がる時代を中心に駆け足で廻る。多くの出土品や遺跡によって、古来より福岡の地が大陸から朝鮮半島を通じ、人とものの交差する要衝であったことがよく理解できた。

後ろ髪を引かれる思いで博物館を後にし、夕飯を取るべく天神《てんじん》近くの「博多水炊き　とり田」へ。

鶏の水炊きと聞いてわたしが想像していたのは出汁をはった透明なスープの鍋だったが、博多水炊きはまったく違うものだった。

白濁したスープのなかに、ぶつ切りの鶏肉が浮いている。お店の方の説明によると、このスープは身のついた丸鶏を塩と水だけで八時間以上煮込み、丁寧にあくを掬い、濾《こ》して作ったものだという。

「まずはスープだけを味わってください」と言われ、お猪口に満たされた熱いスープを口に含む。まろやか、かつ濃厚。なのに臭みはまったくない。純粋に鶏の旨みだけが凝縮されている。

ついで鶏肉を味わい、追加投入された葱や白菜、にんじんをいただく。野菜の甘みや歯ごたえが口のなかでスープと合わさり、これまた絶品。

「鶏と野菜の旨みが溶け込んだこのスープで〆のラーメンを作ります。美味しいですよ」

そりゃそうでしょう、美味しいに決まっている。麺も水炊き用に特注されたもので、細麺ながらコシが強く、しっかりスープに絡む。水炊きの概念が根本から覆った夜であった。

翌朝六時。ホテルの窓から見下ろす博多の町は黒雲で覆われ、雨も風もまだ強い。もしかして今日も欠航だろうか。頼む、多少揺れても我慢するから船よ出てくれ！　天を仰いで祈る。

祈りが通じたのか、M嬢から「予定通り出航するそうです」という知らせが。

勇んで博多港に向かう。

乗船するのは、博多港と壱岐の郷ノ浦《ごうのうら》港を七十分で結ぶジェットフォイル「ヴィーナス」。二日間欠航したせいか、ほぼ満員の客を乗せて定刻の八時に出航。どれだけ揺れるだろう。不安が兆すが、ときおりがつんと衝撃は来るものの、思ったよりも穏やかに船は進む。

郷ノ浦港に到着し、ガイドを務めてくださる壱岐市役所の篠崎さんと合流。車に乗り込み、いざ出発。

まず最初に訪れたのは壱岐焼酎の蔵元「玄海酒造」。蔵のなかには高さ三メートルほどの青いタンクが並び、さらにその奥にはスペインから取り寄せたという樫《かし》の樽《たる》が上下二段に分かれ積まれている。このタンクや樽のなかに蒸留された焼酎が熟成のため貯蔵されているのだ。

「壱岐焼酎の歴史は十六世紀にまで遡ります。原料は大麦と米麹《こめこうじ》を二対一の割合にするという壱岐独特の製法。まろやかな甘みが特徴です。また熟成に一〜三年と長くかけるのも特徴のひとつで、古酒になると熟成三年以上、度数も四十度と高めになります」蔵元の方が説明してくれる。

「まあなにはともあれ試飲してみてください」誘われて、限定品である「本格麦

焼酎 松永安左エ門翁《まつながやすざえもんおう》」をお猪口についでもらう。

松永安左エ門は壱岐出身の実業家で、戦後電力事業の再編に尽力した名士。その名を冠した焼酎は度数四十三度、とろりとした琥珀色《こはくいろ》で、もはや焼酎というよりブランデーのような味わいだ。ロックで、チェイサーを挟みながらゆっくりと味わって楽しみたい酒である。

「以前は五十軒ほどあった蔵元もいまは七軒に減ってしまいました。小さいところは家族経営ですが、壱岐焼酎の灯を絶やさないようにとがんばっています。おかげさまで最近は健康志向もあり、焼酎の人気が盛り返していますから、もっともっと壱岐焼酎を広めたいですね」蔵元のかたがしみじみと話してくれた。

横合いから篠崎さんが、「壱岐市には『壱岐焼酎による乾杯を推進する条例』もあります。もちろんぼくも毎日飲んでいますよ」と教えてくれる。

条例まであるとは。市が焼酎にかけるまさに「壱岐込み」が伝わってくるエピソードだ。

玄海酒造を辞すとちょうどお昼の時間。

「なにが食べたいですか」篠崎さんの問いに、間髪を入れず「壱岐牛！　壱岐牛が食べたいです」と叫ぶわたし。

「じゃ、芦辺《あしべ》港にある牧場直営店に行きましょう。せっかくだからお店近くの『はらほげ地蔵』にも寄りましょうね」

車で走ること約十五分、島の東側に位置する「はらほげ地蔵」に到着。満潮時のため海水に足まで浸かった状態で、六体の地蔵が海の方を向き、横一列に並んでいる。

「はらほげとは『胸に穴が開いている』という意味の方言です。その穴に供物を供えるんですよ」

篠崎さんの説明を受け、地蔵に近づいて目を凝らす。赤いよだれ掛けをめくると、確かに直径五センチほどの穴がくり抜いてある。

説明板によると「遭難した海女の冥福のため、また捕獲した鯨の慰霊、あるいは疫病退散祈願のため」に建立されたと伝えられているそうだ。

なるほどと納得する。海で命を落とした人々や、食べものとなってくれた動物への手向けとして、海へ向かって立つ地蔵へ供物をささげることはとても理にかなったことに思える。さらに壱岐は離島である。疫病も海を越えて持ち込まれることが多かっただろう。海とともに生きる人々の畏れや敬いがこの六体の地蔵に込められているのだ。

合掌してから、一路芦辺港にある壱岐牛専門店「味処　うめしま」へ。わたしはサーロインステーキを、篠崎さんはオリジナルステーキ、そしてM嬢はヒレをオーダー。

待つことしばし、熱い鉄板からはみ出しそうなサーロインが運ばれてくる。焼き加減はレア。きこきことナイフで肉を切り、いただきまーす。

うう、美味しい。柔らかい肉を噛みしめると、肉汁とともに芳醇《ほうじゅん》な脂が口いっぱいに広がる。

ふと横を見るとM嬢の前には厚さ二センチはあろうかという肉の塊が。こっちも美味しそうだ。隣の芝生は青いとよく言うが、どうして他人の頼んだもののほうがより美味しそうに見えるのだろう。ヒレにすればよかった、今度来ることがあったら絶対にヒレを頼もう。食い意地の張ったわたしは密かにこころのなかで誓う。

食後のデザートは隣のコンビニで恒例の「ご当地ソフトクリーム」探し。あいにくソフトはなかったけれど、壱岐名産の柚子を使ったアイスを発見。さっそくM嬢に食レポしてもらう。

「ステーキのあとに、このシャリシャリしたさっぱり味はぴったりですね」

お腹いっぱいになったところで、島の中央部に存在する「王家の丘」古墳群を訪ねる。

壱岐には約二百八十基の古墳があり、そのおおよそが六世紀後半から七世紀前半にかけて築造されたものだ。葬られているのはこの地を治めた歴代の首長。石室内からは中国や朝鮮半島由来の遺物が多数発見されており、他国と濃厚な関係を築いていたことが窺われる。見学したのは国の史跡である六基のうちの「鬼の窟《いわや》古墳」「笹塚古墳」そして「掛木《かけぎ》古墳」の三基。

古墳というと厳重に守られ、内部には立ち入れないイメージがあるが、訪ねた三つの古墳はまったく違った。

生活道路に面しており、柵などはなく、しかも祈りの準備をする前室、祈りを捧げた中室、さらには墓の主が眠る玄室と石室内すべてにひとが入れるようになっている。内部に足を踏み入れると自動的に灯《あか》りがつく古墳もあり、また掛木古墳には被葬者が安置された石棺までが残され、手で触れることすらできる。こんなにフレンドリーでいいんだろうかと思わず不安になってしまうくらいの開放的な古墳群なのだ。

「壱岐には至るところに古墳があります。見つかっているのが二百八十基というだけで、未発見のものも多い。だから島民にとっては古墳は特別なものではなく日常的な存在なんです」篠崎さんが言う。

「ということは、あっちの丸い森、あれも古墳かもしれない」とわたしが指さすと「かもしれません」篠崎さんが頷く。そう言われると小高いところすべてが古墳に見えてくる。となりのトトロならぬ隣のコフンだ。

古墳群を出て、車はいったん島の北、勝本《かつもと》港方面へ。

遠く対馬を望む高台に天正《てんしょう》十九（一五九一）年豊臣秀吉《とよとみひでよし》が朝鮮出兵のために築いた山城「勝本城跡」がある。いまも残る石垣が、この城を足掛かりに朝鮮制覇を夢見た秀吉の思いを後世に伝えている。

勝本城跡を見てから南下し、文永《ぶんえい》十一（一二七四）年の元寇《げんこう》・文永の役で亡くなった人々の遺体を多数埋葬した「新城《しんじょう》千人塚」を詣でる。菜の花畑の広がるのどかな風景のなかに古《いにしえ》の戦《いくさ》を伝える石碑が立ち、その左に寄り添うように観音像が祀られていた。

つづいて島を横断し「黒崎砲台跡」へ向かう。元寇から下ること約六百六十年、昭和初期に日本軍が玄界灘《げんかいなだ》防衛のために築いた遺構だ。

地下深く掘られた縦穴は砲丸を運ぶ坑道につづいており、往時、ここには戦艦

壱岐対馬国定公園

「土佐」の四十一センチ主砲が取り付けられていたという。結局一度も砲丸は発射されることなく終戦を迎えたが、迷彩色の残る坑道や堅牢《けんろう》な石造りの砲台跡が、ここもまたかつて戦場であったことを教えてくれる。

午後三時、島の西端に突き出た猿岩に到着。午前中の雨風が嘘《うそ》のように空は青く晴れ渡り、群青の大海原が水平線まですっかり見渡せる。猿岩はその大海原に対峙《たいじ》する崖地で、なるほど猿が咆哮《ほうこう》する横顔にそっくりだ。猿岩の周囲は日当りのよいなだらかな草地。澄みきった空気の下、うーん、と大きく伸びをした。

のんびりとした時間を過ごしたあと、いったんホテルへ戻り、今宵の夕飯を取るべく郷ノ浦町にある居酒屋「旨勘」へ。我われと同じく欠航で本州に足止めされ、ようやく午後に帰島できた女将の出口さんの歓迎を受ける。うっしゃあ、壱岐の美味しいものを食べ尽くすぞ！

生ビールで乾杯したあとはさっそく壱岐焼酎を注文。十三種類もあり、どれにしようか迷うがせっかくだからと長崎県限定販売の「海鴉《うみがらす》」を選ぶ。ロックで飲む「海鴉」は驚くほどまろやかで、さっぱりした舌ざわり。いくらでも飲めそうなキケンな酒である。

突き出しは名物壱岐豆腐。沖縄の島豆腐に似て、縄で縛っても運べるという硬さ。さっそく箸で割り、口に含む。大豆の甘みと香りがいっぱいに広がる。これぞ本物の豆腐、という確かな味だ。

つづいて壱岐牛のすじポン酢。柔らかく煮た牛すじが舌の上でほろほろととろける。旬のたけのこの天ぷら、地物のカワハギの肝和《きもあ》えで焼酎が進む進む。

これも壱岐名物という新物のアスパラガスは三十センチはあろうかという長さ。巻かれた豚肉の脂の甘さとアスパラのほろ苦さとの相性が絶妙だ。

そしてやっぱりはずせないのは壱岐牛。さっと炙った赤身に塩をちょんとつけて口のなかへ。肉本来の旨み、ほどよい歯ごたえがたまらない。

膨らみきったお腹を抱えて店を辞去。雲ひとつない夜空の低い位置でオリオン座が輝いている。明日は朝から晴れそうだ。


三日目最終日、予想通り朝から快晴。今回の旅のメインテーマである一支国王都、原の辻遺跡へ向かう。遺跡を回る前に、まずは市立一支国博物館で歴史を学ぶことに。

この博物館では現代から古代へと時間を遡りながら壱岐の歴史を辿る形式となっている。昨日回った各時代の遺跡を思いだしながら展示を見て回り、いよいよお目当ての一支国の時代へ。

一支国の成立は紀元二百年ごろ、弥生《やよい》時代後期。いまの原の辻付近に点在していた集落がまとまり、ひとつの国を形成した。三重の濠《ほり》を巡らせた大規模な環濠《かんごう》集落で、総面積は百ヘクタールに及ぶ。

島の東にある内海湾《うちめわん》から内陸に約二キロ、長崎県で二番目に広い平野である深《ふか》江田原《えたばる》に位置するため稲作には格好の土地であった。また、内海湾に流れ込む幡《はた》鉾川《ほこがわ》を介して中国大陸や朝鮮半島との交易が盛んに行われ、海上交易国家としても大いに栄えた。出土品の中国鏡やトンボ玉、楽浪《らくろう》（現在の朝鮮半島北部）系土器などが繁栄ぶりを物語る。

博物館の一階に、そんな一支国時代の暮らしぶりがミニチュア模型で再現されている。王都を復元したジオラマのなかに多数配置された二センチほどの表情豊かな人形たち。ある者は田を耕し、またある者は渡来人相手に市を開いている。丸木舟を作る者、荷を運ぶ者、神に祈る巫女《みこ》や墓地に埋葬される我が子に縋《すが》って泣く母親――まさに「一支国のとある一日」を切り取ったような光景だ。

発掘、展示された多くの生活用の土器や石器、食べた動物の骨や祭祀《さいし》に使われた楽器などと合わせ、遠い古代の息吹きを間近に感じることができる豊かな時間であった。

博物館の見学を終え、いざ古の王都「原の辻一支国王都復元公園」へ。

復元公園は、周囲の田んぼからぽこっと少し盛り上がったなだらかな丘にあり、発掘された一支国時代の遺構をもとに十七棟の建物が復元されている。建物には出土品から「どんな役割を担ったのか」を想定した案内板が取り付けられ、一支国の概要が把握しやすい仕組みとなっている。

公園の最奥部、他よりもいちだん高いところに一支国王が祭を執り行った主祭殿、王が身を清めた平屋脇殿、そして神にささげる供物を保存した高床式の倉と祭器を保管した儀器の倉があり、出入り口には特別な区域であることを示す二本の柱が門のように立てられている。

主祭殿脇のいちばん高い場所には王の館。竪穴式《たてあなしき》住居のなかで最大級の規模を持ち、王の権威を示す青銅鏡や武器類が見つかったことで王の住まいと想定された。とはいえ内部はほかの住居より多少天井が高いくらいで、特別豪華に設えてあるわけではない。

王館一帯を下ってゆくと、他国からの使節団長が滞在する迎賓の建物や、その従者が泊まった宿舎、運ばれてきた荷を保管する使節団の倉などがかたまって建っている。現在でいう迎賓館みたいなものだろうか。

その外側には一支国の有力者の住居や集会所、譯《やく》（通訳）の家や穀倉が。さらに幡鉾川に隣接する場所には三階建ての物見櫓《ものみやぐら》が建てられ、内海湾から入ってくる船やひとを監視する役目を担っている。

復元されたのは遺跡全体の四分の一というから、平民の住居などは中心部から外れたところにひしめき合っていたに違いない。なにか用事があったり、市に買い出しにゆくときなどに自宅住居からこの場所に集まって来たのではないだろうか。

暖かな午後の陽射しの下、公園のまんなかで柔らかな芝地に立ち、ぐるり、周囲を見回す。壱岐特有の強い風が吹き過ぎてゆく。平日とあってか、わたしと篠崎さんのほかに人影はない。

でも約千八百年前のこの場所には、きっと大勢のひとが往来していたに違いない。

目を瞑り、古代の生活を想像する。弥生人とはいえ思いや悩み、喜びはいまのわたしたちとたいして変わらないはずだ。

ちいさな子を抱いたお母さんが急ぎ足で市に向かっている。子どもの咳《せき》が止まらないので、舶来の薬草をもとめに行くのだ。すれ違ったのは中年のご婦人。手に提げたつる草製の買い物かごには取れたてのあけびが五つ。「こないだ隣の奥さんにあさりをたくさんもらっちゃったけど、お返しこれで足りるかしら。もうひとつ買い足したほうがいいかな」と悩んでいる。ベンチ代わりの丸太に座った若い男。てのひらの上で貝殻を加工した腕輪を転がしながらにやにや笑っている。意中の彼女に腕輪を贈り、デートに誘おうと目論《もくろ》んでいるのだ――

脳裏にさまざまな一支国人の日常が浮かんでくる。彼らはわたしたちと同じ人間で、いや、二十一世紀を生きるわたしたちが彼らに繋がっている、そんな当たり前のことが肌で感じられる瞬間だった。

帰りのジェットフォイルを待つあいだ「日本の渚《なぎさ》百選」に選ばれた壱岐随一のビーチ・筒城浜《つつきはま》を訪ねた。昨日までの時化《しけ》が嘘のように波は穏やかで、真っ青な海がどこまでも続いている。きめの細かい白砂がよりいっそう海の青を引き立てる。砂を踏みしめながら浜辺を歩く。

と、打ち寄せられた藻や木の葉のなかに、ピンク色に輝く美しい貝殻を見つけた。向こうが透けて見えるほど薄く、花びらのようなかたちをしている。地元の方に尋ねると「さくら貝ですね」と教えてくれた。確かに桜の花にそっくりだ。

砂の上に貝殻を並べて満開の桜を描いてみる。本物より一足早く、壱岐の浜辺に桜が咲いた。

弥生人もこうやって貝拾いをして遊んだのだろうか。弥生時代だけではない、いつの世でもきっと貝の美しさを愛で、青い海に思いを馳せる多くのひとがこの浜に集まったに違いない。

縄文《じょうもん》、弥生、古墳。鎌倉《かまくら》、戦国そして昭和から現代まで壱岐は歴史が幾重にも重なった、まるでミルフィーユのような島だ。そしてその層の一枚いちまいに人びとの思いが詰まっている。これからもきっと歴史は重なってゆくだろう。はるか遠い未来まで、どこまでもどこまでも——そう思いながら浜辺を後にし、郷ノ浦港へと向かった。

10島目

奄美大島

2018年7月6日〜7月8日

「着いた……ほんとうに着いた」

「奇跡、ですね……」

奄美《あまみ》大島《おおしま》空港の到着ロビーで、わたしと担当編集者M嬢は、なかばぼう然としながらつぶやいた。

七月初旬。関東地方は例年になく早い梅雨明けを迎え、真夏のような天候の日々がつづいていたのだが、ここにきて台風七号の影響か梅雨前線が活発になり、九州から北海道まで全国的に荒天に。出発した羽田空港でも遅れや欠航が相次ぎ、なかには離陸したはいいものの目的地に着陸できず、羽田へ引き返す便も多くみられた。

そんな大嵐のなか、奄美群島だけはぽっかりと雨を逃れ、大きな揺れや遅延もなく、無事空港に着陸できたのだった。

とはいえロビーの窓から見上げる空はどんよりと重たげに曇り、いつ降り出してもおかしくない空模様である。どうかこれ以上天候が悪化しませんように。祈りつつ空港を出、車で奄美一の繁華街名瀬《なぜ》に向かう。

今回の旅のテーマは島唄。島唄というと沖縄を思い浮かべるかたが多いかもしれないが、もともとは奄美群島が発祥の地であるという。現地で生の島唄や唄者《うたしゃ》の話を聴き、唄の生まれた背景を探る——そのふたつを楽しみに東京から飛んできたのだった。

奄美大島は南北に細長い島だ。平坦な土地は少なく、島とは思えぬほど高い山々が面積のほとんどを占めている。海沿いのわずかな平地に点在する集落は、背後に狭い畑地を持ち、その後ろにはすぐ切り立った山。いまでこそ道路が整備され、北と南の行き来も楽になったが、かつては舟で向かうしかないほどそれぞれの集落は隔絶されていたという。だからであろう、奄美では集落を「シマ」と呼ぶ。島唄の島はそのシマ、つまり「我が村の唄」という意味なのだという。

確かに車窓から眺める風景は、圧倒的に山がちだ。厚い葉のみっしり茂った広葉樹が山裾から山頂までを覆いつくし、この山を徒歩で辿るのはさぞ難儀だろうと思わせる。平地にはところどころにサトウキビ畑。水田はほとんど見られない。

途中、遠方からでも客が訪れるというジェラートのお店「Ｌａ　Ｆｏｎｔｅ」

に寄る。この店は当地の「いずみ農園」の直営店。おかげで農園直送のフルーツを使った、ここでしか味わえないジェラートが楽しめる。この日のメニューはマンゴーやパッションフルーツ、特産の黒糖や真塩《ましゅ》など計十種。そのなかから二種類をチョイスする仕組みだ。

迷ったすえ、わたしは真塩とマンゴー、M嬢はすいかと黒糖を選ぶ。真塩は濃厚なクリームを塩がきりっと引き立て、後味がとてもさっぱり。マンゴーはさすが農園直送、まるで生のマンゴーを齧《かじ》っているような濃厚さだ。そしてM嬢の感想は――「黒糖もスイカもめちゃめちゃおいしいですぅ。あっという間に食べちゃいましたよ‼ たまんないですよね、この味一度知ったら奄美に着いたらまず真っ先に食べたくなりますよ！」

車に戻り、名瀬にある市立奄美博物館へ。ここの二階にある第二展示室で奄美群島の暮らしと歴史をまなぶことができる。さっそく島唄を扱ったコーナーへ。三味線の歴史や代表的な七つの型、唄の系譜や歌詞の説明板などがわかりやすく展示されている。

なかでもこころに残ったのは「奄美のシマウタ」と題されたパネルだった。「島人の生活そのものの表現であると言われる奄美大島のシマウタ」という書き出しにつづき、島唄が教訓、労働、恋心や伝説を伝えるなど多岐にわたること、メロディと歌詞のつながりがことのほか強いこと、もともとは「唄遊び」という唄の掛け合いから多くの唄が生まれたことなどが記されていた。掛け合いはおもに男女の間で交わされていたという。三味線の奏でるメロディに即興で心情を乗せ、交わし合ううちに恋に昇華していく。うーん、なんとも素敵な情景である。

もちろん恋の唄だけではなく、薩摩藩による過酷な支配・搾取の辛さを唄った労働歌も数多く存在する。慶長《けいちょう》十四（一六〇九）年に始まった琉球侵攻によって十七世紀末ごろには奄美も薩摩藩の直轄地となり、藩の財政を潤すためにサトウキビの栽培と黒糖づくりがひとびとに課せられた。

ただでさえ狭い耕地をサトウキビ栽培に取られたため、ひとたび不作に見舞われれば島は一気に大飢饉《だいききん》に陥ってしまう。またキビを刈る基準まで厳密に定められており、少しでも多く刈り残せば苛烈な処罰を受けたともいう。そんな苦しみのなか、ひとびとは島唄を唄うことで、労働の辛さを日々の生活のやるせなさを、慰め、勇気づけ合って生き抜いてきたのだろう。

一つひとつの唄には歴史が、そして想いが込められている。歌詞にこころを寄せながら唄を聴こう。そう思いながら博物館をあとにした。

名瀬市内のホテルにチェックインし、ひと休みしてから再出発。今宵の夕餉《ゆうげ》は島唄を聞かせてくれる郷土料理店「かずみ」である。繁華街を少し外れたところにあるお店は、カウンターと小上がりだけの十五人も入れば一杯になってしまう小体な作り。切り盛りするのは唄者でもある女将のかずみさんと、奄美美人のおふたり。

メニューはおまかせコースのみ。すでにテーブルに並んでいたのは「とぅびんにゃ」という巻貝の塩茹でと、もずくの酢の物、ずいき、つきあげ（さつま揚げ）、芋づるの煮つけ。さらにイカと玉ねぎの炒めものにニガウリと豚肉の炒めもの。「とぅびんにゃ」は磯の香りが濃厚。煮つけや炒めものはあっさりした味つけで、舌にとても優しい。

つづいてキハダマグロとアオリイカのお刺身、アオサのかき揚げにきびなごの南蛮漬け、さらには赤うるめという魚のから揚げに豚肉の煮ものと、食べきれないほどのおかずが運ばれてくる。奇をてらったものはなく、どれもまるで親戚の家におよばれしていただく料理のような素朴で滋養にみちた品ばかり。合わせる飲みものは奄美特産の黒糖焼酎「龍宮」。これまた癖のないまろやかな味。

かずみさんの作る料理と黒糖焼酎を堪能しているうちに、三味線を携えたおじさんと連れ合いの女性が登場。いよいよ本日のメイン、島唄ライブの始まりである。最初の曲は「朝花節」。声慣らしを兼ねて、歌い初めによく唄われる曲だそうである。「唄遊びが始まりますよ。久しぶりにお会いしたので今夜は楽しく遊びましょうね」といった意味の歌詞だ。

おじさんの指が三味線の弦を爪弾く。洋楽とも本土の民謡とも異なる、どこか哀愁を帯びた独特の音階だ。一節をおじさんが唄い、次の一節を女性が唄う。するとその次はかずみさんというように、まさに掛け合い、会話のように唄はつづいてゆく。感心したのは、唄を目配せで回してゆくところだ。唄を渡すとき、ちらりと目線を送ると、次の唄者はそれを受けて唄を紡ぐ。まさに川の流れのように途切れることなく唄は響きつづける。

そしてもうひとつ、島唄独自の歌唱法に男性の裏声、いわゆるファルセットがある。これはキーの高い女声に合わせるため、男性が腹筋を使い、絞り上げるようにして高音を出す技法だ。

「奄美では女性を大事にするの。だから男が女に合わせるんだよ」とはおじさんの弁。

ライブが佳境に入る。

「せっかくだから皆さん、唄に合わせて踊ってみましょう」おじさんに促され、店内の客が立ち上がる。

「難しくないよ。リズムに乗って両手をゆらゆら揺らすだけ」三味線がメロディを奏で、おじさんの唄声が響く。両手を上げ、軽くステップを踏みながら波のように風のように指さきを揺らす。

ああなんていい気持ち。自然と頬が緩む。両隣のお客もじつに楽しそうに踊っている。初めて会ったひとたちなのに、いつしか笑顔を交わし合うように。まさにこれこそが島唄の魅力、ひととひとを結びつけるちからなのだろう。

耳もこころもお腹もしあわせいっぱいで店を出、繁華街のまんなかにある宿までぽくぽく歩く。南の島の夜は遅い。きらめくネオン、楽しげに飲み、語らうひとたち。それらを眺めているうちに、ふとひとつのことに気づく。

「M嬢、奄美ってラーメン屋多くない？」

「ほんとですね」

思えば沖縄と違い沖縄そばはなく、うどん文化圏からも外れた地域、となると隆盛を極めるのはみんな大好きラーメンなのかもしれない。たった数分歩いただけでも十軒近くのラーメン屋が目に入る。しかもどこも美味しそうだ。ラーメン。

嗚呼愛《いと》しのラーメンよ。

のれんをくぐりたくなる誘惑を振り切ってじぶんの部屋へ戻る。シャワーを浴び、今日一日のメモを整理してからベッドへごろん。ここで寝てしまえばなんの問題もない。けれども脳裏に浮かぶは湯気を上げるラーメンの丼ばかり。例の「病気」、そう、わたしの悪い癖「〆のラーメン食べたい病」の発病である。

「思えば最初の桜島でも深夜ラーメン行ったよな。だとしたら最後の奄美大島もラーメン食べるべきだよな」

屁理屈《へりくつ》よりたちが悪い、酔っぱらいのたわ言である。

かくして財布と部屋の鍵を持ち、ふらふらと町に彷徨い出たわたし。今夜乱入したのは「くろ屋」というラーメン屋。真塩を使った塩ラーメンにネギをトッピングした一杯は、飲んだお腹にも優しい、穏やかなお味だった。

「ああ、またやってしまった」

翌朝、目が覚めると同時にこれまたいつもの後悔がふつふつと胸に湧き上がる。どうして学習しないのだろう。うつむきかげんでロビーに降りる。

「M嬢。またしても昨夜、深夜ラーメン行ってしまいました……」

「あ、そうですか。じゃ行きましょうか」

もはやM嬢も慣れたもので驚きもしない。いいんだ、だって美味しかったんだもん。じぶんでじぶんを慰め、今日一日、島人として過ごす体験型施設「ばしゃ山村」へと車で向かう。

「ばしゃ山」とは糸芭蕉《いとばしょう》の群生林の意味。昔は糸芭蕉の繊維で布を織っており、それゆえたくさんのばしゃ山を持っていることがお金持ちの証《あかし》だった。縁遠い娘のためにばしゃ山をつけて婿探しをした故事から、ばしゃ山は不美人の代名詞でもあるという。なかなかシビアな代名詞である。

空港方向へ島を北上すること四十分、道の左右に目指す「ばしゃ山村」が見えて来た。向かって右側海沿いにホテルやプール、レストランが並ぶ「海の村」が、左の山側にかつての奄美の暮らしを体験できる施設が揃った「山の村 ケンムン村」があり、このふたつを総称して「ばしゃ山村」と呼ぶそうである。

お世話になるのは山側のケンムン村。ちなみにケンムンとは山や川に棲《す》む妖怪の意味。沖縄のキジムナーに近い存在と言えばわかりやすいだろうか。

空は薄曇り、太陽は照っていないけれども気温も湿度も高い。山道をほんの一、二分登っただけで、汗がどっと噴き出してくる。

「いらっしゃい。まずは一緒にお昼を作ろうねー」

笑顔で迎えてくれたのは、真っ黒に日焼けした元気なおばさん、敏子さん。身長百五十二センチのわたしよりも十センチは低い小柄なおばさんで、しかもおばさんというよりおばあさんに近いお歳《とし》（あとで聞いたら七十七歳）だが、背すじはしゃんと伸び、高低差の激しい山道をまるでスキップするような軽快な足取りで動き回る。機転がきき、お喋《しゃべ》りも達者。聞けばこの歳まで病気ひとつしたことがないという、まさしく「理想の高齢者」の見本のようなかたである。

敏子さんに連れられて向かったのは、江戸時代末に建てられた旧安田邸という古民家。平成十九（二〇〇七）年に国の有形文化財に指定された屋敷で、持ち主の厚意によりこの場所に移築され、現在は観光施設として使用されている。この古民家のトーグラ（台所）で復元されたかまどを使い、薪で米を炊き、地元産の野菜を主とした味噌汁を作るのがまず最初の体験である。

母屋から独立した台所は、永年煤《すす》に炙られて梁《はり》も天井も真っ黒に煤けている。三畳ほどの板の間には古い簞笥《たんす》や食器棚。こちらも煤《すす》けて真っ黒である。板の間を降りると土間があり、設けられた二つのかまどのうち一つにはすでに火が入り、土産物として販売するための餅が蒸《ふ》かされていた。

「餅はもうすぐできあがるからねー。そしたらその火を使ってまずご飯炊いちゃおうね」敏子さんが言い、直径六十センチはあろうかという大きな鉄の釜を水場に据える。

敏子さんの指示のもと、米を入れ、研ぎ、ひとさし指の第一関節まで水を注ぐ。蒸かし終えた餅の鍋をかまどから下ろし、まさにその後釜に米の釜を据え、小型の卓袱台《ちゃぶだい》をひっくり返したような木の蓋をかぶせて薪を追加投入。「日本昔ばなし」的な情景である。

ご飯の炊ける間を使って、次は味噌汁の作成である。具は、かぼちゃ、冬瓜《とうがん》、上の畑でM嬢が切ってきたばかりのニラに、ニンジン、そして豚の薄切り肉。それらすべてをざく切りにし、金属製の平鍋にまず豚肉を入れ、米の釜の横で火を入れる。豚に火が通ったら、野菜と水を投入。蓋をして煮えるのを待つ。

「お昼はこれだけですか？ おかずはないの」問うと、

「畑仕事はきっついでしょう。時間もないしね。だから具沢山の味噌汁を作るの。それだけでぜんぶの栄養が摂《と》れるようにね」と敏子さん。なるほど野菜たっぷりの味噌汁はパーフェクトフードなのだ。

それにしても暑い。台所にはもちろん冷房などないし、直火《じかび》は容赦ない熱を発する。しかも煙い。じぶん自身が燻《いぶ》されているようだ。汗と煙で顔もからだもべったべた。けれども敏子さんは汗ひとつかかず、狭い台所をちょこまかと動き、せっせと働く。対してＭ嬢など「あ、こっちが風上」とつぶやきつつ、ちゃっかり風通しのよい日陰に避難している。なんとこ狡《ずる》い所業であろうか。

「餅ができたよ。試食してごらん」敏子さんに勧められ、月桃《げっとう》の葉でくるんだ餅を一ついただく。葉を剝がすと、ぷぅんと月桃のよい香りが漂う。なかの餅は真っ黒。

「これはねヨモギ餅。フチモチっていうの。もち粉と黒糖、ざらめ、ヨモギ草をよくこねて作るの。旧暦の三月三日と五月五日に作る。おばさんの娘時代はどこの家でも拵《こしら》えたものさ」

ねっとり粘りけのある餅を箸で突き刺して、ひとくち齧り取る。ほのかな甘さ。濃厚なヨモギ独特のにおいが鼻に抜けてゆく。飽きの来ない素朴な美味しさだ。

「お母さんによく言われたものさ。『餅と女の子はこねればこねるほど美味しくなる』って」

餅を頰張るわたしの横で、店に出す餅を選びながら敏子さんが教えてくれる。

それはつまり骨惜しみをせずよく働く女性ほど良き主婦として評価されたという

ことなのだろう。

こねて来なかったなあ、わたし。そしていまもこねてないなあ。思わず遠い目になる。

そうこうしているうちに、まずご飯が完成。薪で炊いた米は粒立ち、つややかに光っている。程なくしてできた味噌汁とともにようやくお昼の時間到来。炊飯器ではお目にかかれないおこげが香ばしい。具沢山味噌汁は旨みを含んだ冬瓜がとろとろに煮え、さっきまで畑に生えていたニラがほどよいアクセントになっている。でもなによりのごちそうは、美味しいおいしいとかきこむ我われを嬉しそうに見つめる敏子さんの笑顔だった。

昼食を済ませた頃合いに、三味線を手にした島唄の先生がやって来た。午後は島人体験二つ目、島唄教室である。場所を母屋に移し、さっそく授業開始。教えてくださるのは島唄歴三十五年という久保文雄さん。もともとは町役場勤めで四十一歳のとき老人ホームに異動となり、そこで島唄の素晴らしさを再認識したという。

「唄はもともと唄っていたんですが、入所者の先輩方が爪弾く三味線を聴いて、ああこれはすごいなと。遺《のこ》していかなければと思ったんですよ。それが三味線を習い始めたきっかけでした」

　柔和な物腰、落ち着いた風貌。正座をし、背すじを伸ばして語るすがたはとても七十六歳とは思えない。敏子さんといい、奄美の高齢者はみなさん元気で生きき生きとしている。

「島唄は名瀬を境に北部の笠利節《かさんぶし》と南部の東節《ひぎゃぶし》の二つに大別されます。陽気な笠利節に対して東節は哀愁の漂うメロディが特徴です。歌詞はどちらも同じで、その数三千～四千はあると言われています。メロディは三百～四百曲なので、同じメロディに違う歌詞、つまり替え歌が多いんですね。これは即興で生まれた唄が多いせいでしょうね」久保先生が解説してくれる。

「理屈はともかく、実際に唄ってみましょうね」言い、渡してくれたのはＡ４用紙三枚のプリント。両面を使って五曲の歌詞が記されている。

　先生が選んだのは五曲のなかの「いきゅんにゃ加那《かな》」という曲。加那とは古語の「愛《かな》し」を語源にした方言で「いとしいひと」、つまり女性や子どもを指すことばだという。「いきゅんにゃ」は「行くのですか」、だからタイトルは「行ってしまうのですか、愛する人よ」という意味になる。嫁入りや恋人との離別、旅立つ友人へのはなむけといったさまざまな別れを惜しむ曲である。

まずはお手本として久保先生が弾き語りを披露してくれる。澄んだ三味の音、艶のある伸びやかな歌声。海に面した高台に建つ母屋には気持ちのよい風が吹き渡り、その風にのって唄はどこまでも遠くへと運ばれてゆく。聞いているわたしもいつしか唄の一部となり、葉を揺らし森を抜け海を越え——ここではないどこかへ、どこか高みへと羽ばたき飛んでいくようなこころもちになる。

陶然として聞き入ること数分。「では次は一緒に唄ってみましょうね」久保先生のことばに、いきなりはっと現実に返る。

唄——じつはわたしは筋金入りの音痴である。カラオケにゆくとよく「なにを歌っているのか最後までわからなかった」と言われるほどのクィーンオブ音痴。そのわたしが島唄……難易度高すぎ……

「音痴でもいいんです。楽しく唄うことが大事なんですよ」先生に励まされ、意を決してプリントを見つめ、正座する。

前奏が始まる。緊張感が高まってゆく。「はい、ここから」先生の声に合わせ、五番まであるうちの一番をなんとか唄いとおす。はっきりいって難しい。メロディは複雑で、しかも折々にこぶしや裏声が混ざる。女声に合わせたとはいえ、女であるわたしですら裏声を出すためには腹筋を極限まで使い、まさに腹の底から絞りだす必要がある。

けれど難しさと楽しさは別ものだ。何度も繰り返すうちだんだんコツが摑めて来、節回しも頭に残るようになる。歌詞の内容も教えてもらったので、それぞれの情景を想像し、感情を込めて唄うことができる。特に五番、遠い島へ嫁ぐ娘を案じて「思い立ったらいつでも戻っておいで」と唄う親心は、娘を持つわたしにとってとても身近で、深く刺さるものがあった。

目のまえに広がる果てしない海。この海の向こうへ渡って行こうとする愛しい娘。不安と心配と、でも明るく送り出してやらねばと思うこころ。それはきっといつの時代、どこの場所にあっても共通する親の想いなのではないだろうか。

約一時間の島唄体験、習得する域にはとても達しなかったけれども、涼やかな風に吹かれながら先生の唄と三味線に合わせて唄の世界に入り込んでゆくのは、こころ洗われる清々《すがすが》しい時間だった。聞くだけでは味わえない、唄ってこそ味わえる島唄の素晴らしさ。奄美を訪れたなら、ぜひとも一度体験していただきたい。

島人体験を終え、敏子さんに見送られて「ケンムン村」にさようなら。

今夜の宿は島の最南端、古仁屋《こにや》地区にある「ＴＨＥ　ＳＣＥＮＥ」というリゾートホテルである。プライベートビーチを備え、青く澄んだ大島海峡を挟んだ対岸に加計呂麻島《かけろまじま》が大きく迫る爽快な立地。全室海側で、部屋のなかからでも絶景を堪能できる。夕食は海老とカラスミの冷製カッペリーニから始まる全六品のイタリアンフルコース。凝った一皿ひとさらは量もほどよく、味付けも上品だ。ディナーを終え、ホテルの自慢のひとつ、満天の星を観に屋上へ上がる。おりしも今日は七夕、晴れていれば南北に流れる天の川と織姫彦星《おりひめひこぼし》がくっきり見えるという。梅雨前線が活発だったため、残念ながら雲に阻まれ、降るような星空とまではいかなかったが、明るく光る木星やちょうど最接近している火星が暗い夜空にくっきりと輝いて見えた。

最後の朝。目覚めてカーテンを開けると——待ちに待った青空! 南国の強い陽射しの下、海の青が眩しく照り映える。これは写真に収めねば、とスマホを夕ップしたわたしは思わずわが目を疑った。

起動しない。前夜まで元気に動いていたのに、電源がつくどころか液晶は真っ黒なまま、なんど再起動しようが充電器に繋ごうが、うんともすんとも言わないのである。

青ざめるわたし。すべての連絡先はスマホに入れてあるので、覚えているのは自宅の電話番号のみ。写真が撮れないのも困るが、これでは誰とも連絡がつけられない。今夜東京で予定している打ち合わせ相手の電話番号すらわからないのだ。二日連続よろめく足取りでロビーで待つM嬢のもとへ。仔細《しさい》を話すとさすがのM嬢も顔色を失う。

「それは困っちゃいましたね」

「うん……いかにスマホ頼りの生活をしていたか、よぉくわかったよ……」

前日の敏子さんのことばがよみがえる。

「島はいまでも自給自足の暮らしさ。村のみんなとの繋がりも深いよ。顔もわかるし、なにかあれば助け合って生きてる」

顔の見える関係、情報端末に頼らない強さ。高度情報化社会に生き、スマホに依存しきった生活の脆弱《ぜいじゃく》さと対極にある島の暮らしをまさに実感したできごとであった。

とはいえ旅はつづく。写真はM嬢に任せ、帰りの飛行機までの四時間を、絶景ポイントを見物しつつ空港に向かうこととする。

まず向かったのはホノホシ海岸。荒波に揉まれた丸い石ばかりで埋め尽くされた海岸が見どころだ。

つづいて高知山展望台へ。急峻《きゅうしゅん》な山道を歩くこと数分、開けた崖っぷちに建つ展望台を上り、最上階に辿りつく。背後は深い山、正面真下に古仁屋の町が見える。その先に波穏やかな大島海峡が広がり、鏡面のように白い雲を映し出す。手が届きそうなほど近くにそびえる加計呂麻島は、奄美以上に山が迫り、平地はわずかな砂浜のみ。地元のかたによると奄美以上に素朴で、ゆったりとした時間の流れる島だという。いつまで見ていても見飽きない美しい光景。だがここでタイムアップ。一路空港へと向かう。

最南端から最北端の空港へ車で走ること約二時間。到着したのは二時四十五分、三時半のフライトにちょうどよい時間だ。手荷物を預けてから軽く昼食を取ろうとチケットを取り出したM嬢の顔が突然強張《こわば》る。

「……日菜子さん。フライトの時間、間違えてました。離陸は三時ちょうどです」

「なにぃッ！」

もはや食事どころではない。大急ぎでチェックイン。荷物を預け、保安検査所を駆け抜ける。搭乗は当然すでに始まっている。誰もいない出発ロビー、係員の目が「急げ」と言っている。

「日菜子さん、急いでッ！」

「わかってるわい！」

声を掛け合いながら汗だくで走るわたしとM嬢。一日一便しかない羽田行きに間一髪、乗り込むことができた。珍道中につぐ珍道中のアイランド・ホッパー。これもまたよき旅の思い出として生涯忘れることはないだろう、きっと。

あとがき

「ねえM嬢、なんでわたしに紀行文を依頼したの？」

確かあれは最初の島、桜島の夜だったと思う。ずっと気になっていたことをわたしはM嬢に尋ねた。するとM嬢は一瞬きょとんとした表情を浮かべたあと「だって日菜子さん、最初に会ったときに『紀行文が得意です』って言ったじゃないですか」とこたえた。

言ったっけ、そんなこと。でもそう言われれば確かに酔った勢いで言っちゃった気がする。それにしてもまさかそのことばを鵜呑《うの》みにするとは。相手はデビューしたてのひよっこ作家だぞ。編集者としてあまりにも無謀では。にこやかな微笑《ほほえ》みを浮かべつつ日本酒を傾けるM嬢を前にして「こりゃこの連載は波乱に満ちるな」確かな予感にとらわれたわたしだった。

予感は的中。どの島でも思いもよらぬできごとに巻き込まれた。すべてのハプニングをここに書いておきたいが、紙面の都合上とっておきの「事件」だけ記すことにする。のちのち集英社文庫編集部で「中澤失踪拉致騒動」として、失笑とともに語り継がれることになる事件である。

その事件が起きたのは、三島目・八丈島二日目の夜だった。充実した一日を終え、夕食、寿司屋《すしや》に繰り出した我われは、飲み語らい、楽しいひとときを過ごした。寿司屋を出たのは九時過ぎ。繁華街から離れ、ぽつんと立つ店の周りは真っ暗で、人気《ひとけ》はまったくない。

「あ、わたしミネラルウォーターの大きいのが欲しいな」

頷《うなず》いたM嬢はわざわざ店内に戻り、オーナーにいちばん近いスーパーはどこか聞きに行ってくれた。ほどなく帰ってきたM嬢は「歩いて三分ほどのところにあるそうです」言い、広い幹線道路を先に立って歩き始めた。その二メートルほどあとをついて歩く。

火照った頬を夜風がここちよく冷やしてくれる。暗闇で揺れる大輪のハイビスカス、頭上には満天の星。ほんの数秒、わたしは足を止め、夜の八丈島の風情を楽しんだ。

さてスーパーへ行かなくちゃ。目線を前に戻したわたしはそこで愕然《がくぜん》となった。いない。たった今、目の前を歩いていたM嬢がいない。慌てて周囲の横道を覗《のぞ》きこむわたし。だがどの横道にも、もちろん幹線道路上にもM嬢のすがたはまったく見えない。自慢じゃないがわたしは超の三つくらいつく方向音痴である。しかも初めての土地、どっちに行けばなにがあるかなんて皆目わからない。不安が津波のように襲いかかる。

携帯だ。すぐに電話しなければ！　震える手でスマホを取り出す。そこでふたたびわたしは愕然となった。

やばい、M嬢の携帯番号知らないや。

島巡りを始めて半年、打ち合わせや原稿のやり取りは何度となく行っていたが、それらはすべてメールを介してで、思えば肝心の携帯番号をお互いに交換したことがなかったのだ。なんという迂闊《うかつ》さ。

とはいえなんとか連絡を取らねばならない。酔った頭で必死に考え、まずは「小説すばる」の担当・Iさんのスマホに電話してみる。だが無情にも流れてきたのは「ただいま電源が切られているか云々《うんぬん》」のアナウンス。うう、頼りにならない担当め！　つづいて集英社の代表番号をタップする。けれども時刻は夜の九時。こちらも「弊社の業務は終了しました」というそっけないメッセージが流れるだけだ。

なにかないか、あとM嬢に繋《つな》がるようすがが、なにか。鬼気迫る形相でスマホの連絡先をスクロールしてゆくと「文庫編集部」の文字が。編集部ならまだ誰かいるかもしれない。祈るような気持ちで通話ボタンを押す。

「はい。集英社文庫編集部です」間髪入れず落ち着いた男性の声が返ってくる。

ほっとしたものの、いまだ混乱状態のわたし。

「あ、あのわたし、小説を書いているものですが」

「はあ?」（明らかに警戒する声）

「いえだから小説を書いておりましてですね」

「はああ?」（さらに警戒の深まった声）

まずい、これでは単なる不審者だ。もしくは自称小説家のアブナイひと。落ち着け、落ちつくんだ。まず名乗れ、おのれの名前を!

「中澤日菜子と申します。いまそちらのM嬢と八丈島に取材で来ておりまして、それでですね、どうやらはぐれてしまったようで」

ここに至り、ようやく相手の声から警戒心が消えた。

「あーあーMですか。方向音痴なんですよね。すみません、折り返し電話させますのでそちらの番号をお聞かせください」番号を伝え、待つこと数十秒。スマホにM嬢から着信が。お互いの位置を伝えあい、待つことさらに数分。

「日菜子さーん！」幹線道路の向こうから、両手を振りながらM嬢が駆けてきた。

「もう日菜子さんたらいきなりいなくなるんですもん。拉致られたかと思って警察に捜索願を出そうとしてたところです！」

いやいきなり消えたのはそっちだろ。てか拉致られるか八丈島で。しかも捜索願って、島の平和を無駄に掻《か》き乱《みだ》してどうする。さまざまな思いが脳内を駆け巡るが、すべてはM嬢の愛なのだ。以来文庫編集部ではM嬢は「担当作家とはぐれたすっとこどっこい」、そしてわたしは「挙動不審な小説家」として認知されるようになる。

とはいえ旅にトラブルはつきもの。そして平穏な旅よりも、ハプニングのあった旅のほうがいい思い出として記憶に残るものだ。この本を読んでくださったみなさまに少しでも珍「島」中の楽しさを伝えられたなら、それ以上幸せなことはないと思っている。

二〇一八年　十一月

本書は、ｗｅｂ集英社文庫二〇一六年五月〜一八年八月に三か月毎に連載されたものを加筆・修正したオリジナル文庫です。

なお、本文中で訪問した資料館や飲食店、公共交通機関等は取材当時のものです。予めご了承ください。

集英社文庫　目録（日本文学）

集英社文庫　目録（日本文学）

中島らも　こどもの一生
中島らも　頭の中がカユいんだ
中島らも　酒気帯び車椅子
中島らも　君はフィクション
中島らも　変!!
中島らも・小堀純　せんべろ探偵が行く
長嶋有　ジャージの二人
中園ミホ・古林実夏　ゴースト　もういちど抱きしめたい
中谷巌　痛快！経済学
中谷巌　資本主義はなぜ自壊したのか　「日本」再生への提言
中谷航太郎　くろご
中谷航太郎　陽炎
中野京子　芸術家たちの秘めた恋　―メンデルスゾーン、アンデルセンとその時代
中野京子　残酷な王と悲しみの王妃
中野京子　はじめてのルーヴル
長野まゆみ　上海少年

長野まゆみ　鳩《はと》の栖《すみか》
長野まゆみ　若葉のころ
中原中也　汚れつちまった悲しみに……　―中原中也詩集
中場利一　シックスポケッツ・チルドレン
中場利一　岸和田少年愚連隊
中場利一　岸和田少年愚連隊　血煙り純情篇
中場利一　岸和田少年愚連隊　望郷篇
中場利一　岸和田のカオルちゃん
中場利一　岸和田少年愚連隊　外伝
中場利一　岸和田少年愚連隊　完結篇
中場利一　その後の岸和田少年愚連隊　純情ぴかれすく
中部銀次郎　もっと深く、もっと楽しく。
中村安希　インパラの朝　ユーラシア・アフリカ大陸684日
中村安希　食べる。
中村安希　愛と憎しみの豚
中村うさぎ　美人とは何か？　美意識過剰スパイラル

中村うさぎ　「イタい女」の作られ方　自意識過剰の姥皮地獄
中村勘九郎　勘九郎とはずがたり
中村勘九郎　勘九郎ひとりがたり
中村勘九郎他　中村屋三代記
中村勘九郎　勘九郎日記「か」の字
中村計　佐賀北の夏
中村計　勝ち過ぎた監督　駒大苫小牧 幻の三連覇
中村航　夏休み
中村航　さよなら、手をつなごう
中村修二　怒りのブレイクスルー
中村文則　何もかも憂鬱な夜に
中村文則　教団X
中山可穂　猫背の王子
中山可穂　天使の骨
中山可穂　サグラダ・ファミリア［聖家族］
中山可穂　深爪

集英社文庫　目録（日本文学）

集英社文庫　目録（日本文学）

集英社文庫

アイランド・ホッパー　2泊《はく》3日旅《かたび》ごはん島《しま》じかん

2018年11月25日　第1刷　　定価はカバーに表示してあります。

著　者　中澤日菜子《なかざわひなこ》

発行者　徳永　真

発行所　株式会社　集英社

東京都千代田区一ツ橋2-5-10　〒101-8050

電話　【編集部】03-3230-6095

【読者係】03-3230-6080

【販売部】03-3230-6393（書店専用）

印　刷　大日本印刷株式会社

製　本　大日本印刷株式会社

フォーマットデザイン　アリヤマデザインストア　　マークデザイン　居山浩二

ISBN978-4-08-745815-2 C0195